KB202447

이 고독은 축복이 될 수 있을까

이 고독은 축복이 될 수 있을까

1인분의 육아와 살림 노동 사이 여전히 나인 것들

김수민 지음

한겨레출판

차례

프롤로그

깊이 외롭고 넘치게 충만한 우리

오늘날 우리 사회 20대의 미혼율은 92.8퍼센트에 달한다.* 나는 그중 7.2퍼센트에 해당하는 20대 기혼자다. 특히나 2022년 기준 서울의 한 해 합계 출산율은 0.59명이었는데, 나는 2022년에 서울에서 첫아이를 낳았다. 그렇다 보니 앳되게 자른 앞머리에 키는 160센티미터가 안 되는 조그만 여자가 갓난아이를 안고 있을 때면 지나가는 이들

* '미혼인구 증가와 노동공급 장기추세', 2024년 1월 8일 한국은행 보고서.

에게 신기한 시선도 적잖이 받았다. 이제 엄연한 20대 후반인데도 내 주변에 아이를 키우는 동갑내기는 두 명뿐이다. 나는 이런 시대를 살고 있다. 이렇게 꽤나 마이너한 경험을 하다 보니 주변 사람들에게서 '결혼'과 '출산'에 대한 질문을 많이 받곤 한다.

"결혼해보니 어때?"

"아이 키워보니 어때?"

또래 중에 내가 유일한 경험자라 달리 물어볼 데가 없단다. 그러나 나는 나의 주관적인 결혼 경험밖에는 알지 못한다. 그렇기 때문에 '하라' '마라' 대신 내게 결혼이 어떤 것이었는지, 육아가 어떤 것이었는지 대답하는 것이 최선이라는 생각이 든다.

육아는 토네이도처럼 '나' 말고는 아무것도 남기지 않고서 내 주위를 쓸어가버렸다. 외로움은 벗어날 수 없는 날씨처럼 내 세상을 채웠고, 삶은 순식간에 책임질 것들로 가득 찼다. 나를 위해 가진 건 하나도 없는 것 같은데도 모든 것이 내가 해야 할 일이었다. 그러나 그 고독한 길 위에도 웃음은 피어났다. 그 아이러니가 이 책에서 담고자 한 이야기일지도 모르겠다. 나, 엄마가 되어서도 나를 잃지 않기로 했다고. 나, 엄마가 되고 나서야 아름다운 것들이 저마다 고독하다는 것을 알았다고.

'배우자'와 '자식'이 나에게 무엇을 줄 수 있는가?

이 질문에 대한 답을 알아서 결혼과 출산을 감행했던 건 아니었다. 그러나 때로 우리는 답을 모르고 떠난 길에서 행운을 만나기도 한다. 아이들과 밥을 나누어 먹는 것, 남편과 서로의 숨소리를 듣는 것, 사소한 웃음부터 전례 없는 벅참에 이르기까지. 돌이켜보면 모든 순간은 나에게 그저 아름다운 것으로 남아 있다. 아이를 낳은 뒤 나는 내가 알 수 있는 가장 커다란 아름다움을 조금은 깨우쳤다고 느낀다. 바로 삶의 아름다움. 매달 다채롭게 진화하는 작은 인간과 살을 맞대기 시작하며 나의 무의식은 주저 없이 '삶' 옆에 '아름답다'는 말을 갖다 대었다. 어떤 괴로움은 필연적으로 아름답다. 아이를 키우면서 처음으로 삶이 아름답다고 믿어보고 싶어졌다. 아름다운 삶 속에 우두커니 서 있는 나도 어쩌면 아름다운 것이 아닐까.

사랑하는 대상은 모두 지상의 천국 한복판에 있다.

–보후밀 흐라발, 《너무 시끄러운 고독》, 문학동네, 165쪽.

이 책 서문의 끝에는 노발리스의 문장을 꼭 적고 싶었다. 사랑을 주고받는 삶, 아름다운 삶, 고독과 충만함이 공존하는 삶. 이것이 어쩌면 지상의 천국일지도 모른다고 생각하면서. 내가 좇은 삶이 바로 이것일지도 모른다고 느끼면서. 우리 모두의 삶에 저마다의 아름다움이 깃들길 바란다. 축복. 이것은 엄마 된 이들이 가장 잘하는 것이니 마음껏 해본다. 이 책을 통해 온 마음 다한 나의 축복이 여러분에게 가닿기를 바란다. 깊이 외롭고, 넘치게 충만한 우리에게 아름다운 삶의 축복이 가득하기를. 우리 모두 지상의 천국에서 마음껏 행복하기를.

1부

누구도
대신해줄 수 없는 일들

육아가 글쓰기 같다면
얼마나 좋을까

육아가 글쓰기와 같다면 얼마나 좋을까? 쓰는 이는 글 속에서 마음껏 좋은 사람이 될 수 있다. 나는 언제든 글 속에서 시대와 무관해질 수 있고 한껏 아름다워질 수 있다. 고고한 척, 고상한 척, 행복한 척하기에 글만큼 좋은 매체도 없다. 그러나 육아란 글쓰기와 정반대편에 선 것이다. 커피를 홀짝이며 손가락의 춤사위를 놀리는 것과 정반대의 일이다. 앉았다 일어나고, 옷에 잔뜩 토사물을 묻히고, 악력 좋은 작은 손에 머리카락이 뜯기는 일이다.

그래서 그런지 육아에 대한 글쓰기는 참으로 괴롭다. 쓰는 이가 묘사하는 솔직한 마음들이 고상하지 못하고 아름답지 않은 것 같다. 아름답지 않으니 가치도 없는 것 같다. 육아인에게 남은 명분은 인류애 또는 예수가 2000년 전에 외친 사랑뿐인데 그 가치가 시대에 맞지 않게 너무 촌스러운 것 같아 '아이를 사랑하고 있다'는 말마저 창피하다. 얼마나 창피한지 쓰면서 눈물이 주르륵 흐를 정도다. 초라한 부모가 학교로 나를 찾아와 친구들의 시선을 한껏 사로잡는다면 이런 기분일까? 인정하고 싶지 않지만 애석하게도 나에게 육아는 딱 그런 것이었다. 알리고 싶지 않은 부끄러운 것. 아이는 아름답지만 그 옆의 나는 아름답지 않다. 육아인이 된 나는 이제 감추고 싶은 부모처럼 숨고만 싶다.

사실 이번 책은 덜컥 계약한 뒤 쓰는 내내 후회했다. 출판사에 계약금을 돌려줘야겠다고 몇 번이나 마음속으로 충동질을 했다. 육아에 대한 글들이 내 주변에서 쏟아져 나왔다. 모두 '힘들다는 말+아름다운 결론'이라는 구조다. 나 또한 그런 구조의 글을 기획했다. 그러나 그런 글을 쓰거나 읽을 때마다 마음속 한구석에 배신감 같은 것이 서늘하게 자리 잡았다. 육아는 글쓰기 같지 않아서 마음대로 좋은 사람이 될 수도, 마음대로 도망치고, 마음대로 시대와 무관해질 수도 없다. 나는 자주 뉴스와 무관해지고 싶었고, 대파 가격을 알지 않아도 살 수 있는 사람이 되길 희망하며 글을 써왔다. 좋은 사람이 되고 싶어서 글을 썼고, 좋은 사람처럼 보이고 싶어서 글을 썼다. 그러나 육아는 단 한순간도 내게 고상한 것을 보여준 적이 없다. 내가 부릴 수 있는 재주 중에 제일 고상한 글쓰기가, 내가 태어나 해본 것 중에 가장 추레한 육아를 소재로 다루기 시작하니 인지부조화가 시작됐다. 그 사이의 간극이 나를 힘들게 했다. 글쓰기는 나의 마지막 자존심 같은 거였는데, 글쓰기조차 내 마음을 솔직하게 기록하라고 등 떠밀자 사지에 내몰린 사람처럼 두려웠다.

"SNS 속 너는 그렇게 힘들어 보이지 않던데?" 묻는다면 다행이다 싶다. 그렇게라도 비춰졌다니 좋다. "SNS 속 행복은 모두 거짓이냐" 물으면 그건 또 아니다. 뭐가 진실일까? 두 가지가 다 진실이다. 참과 거짓이 모두 참으로 존재하는 세계가 있다. 바로 육아인의 인생이다. 두 가지 자아가 공존하기 때문이다. '본래의 나'와 '엄마인 나'. 두 세계가 행복과 불행을 하나씩 나눠 갖는다. 언젠가는 둘 중 하나를 선택해야 하는 순간이 올지도 모르겠다. 그리고 그것은 높은 확률로 엄마인 나일 것이다. 엄마인 나를 제1의 자아로 선택하는 것이 가족구성원 다수에게 좋기 때문이다. 떠밀리듯 그런 선택을 하게 된 나 자신이 실망스럽고, 이런 선택을 떨떠름하게 내리는 나 자신이 싫다. 그러니 그저 아름다운 글을 쓰고 싶다. 아이가 얼마나 아름답고 이 세상이 얼마나 고귀한지 쓴다. 그러지 않고서는 배길 수가 없다. 그러나 육아가 아름답다고 칭송할수록 엄마 아닌 나는 자꾸만 희미해진다. 평생을 새겨온, '나'라고 믿었던 것이 밀물과 썰물 같은 일상을 통해 계속 희미해진다. 다 지우고 다시 시작하자니 지난 내가 너무 그립다. 나는 엄마이기 이전의 나를 아주 좋아했는데…. 그러나 계속 좋아할 수 없다. 계속 좋아하다가는 계속 불행할 것이다. 놓아주어야 한다.

아이를 재우고 다시 집 앞 스터디 카페로 향한다. 오늘도 글을 쓴다. 사실은 쓰고 싶지 않은데 출간하기로 약속했으니 쓴다. 왜 쓰고 싶지 않냐고 묻는다면 글쓰기가 '척하는 거'라서 그렇다고 말하련다. 불행한 척도 행복한 척도 하기 싫고, 청승맞은 것도 자랑하는 것도 다 싫다. 나에게는 육아를 묘사할 글쓰기 재능이 없다.

오늘날의 육아란 현대미술 같은 것이다. 대부분의 사람들이 관심 갖지 않는 것. 어렵고 난해한 것. 심오해서 이해할 수 없는 것. 그리고 무엇보다 우리 사회에 없어도 지장이 없는 것. 쓰고 보니 나는 육아 혐오자 같다. 그러나 사실이다. 그래서 사람들은 아이를 낳지 않는 것이다. 이해하기 어려운 현대미술 작품을 보러 가지 않는 것처럼.

아무도 보지 않는 곳에서 아무도 인정해주지 않는 일상이 계속된다. 아무도 대신해줄 수 없고 아무도 알 수 없는 일이 계속 미션처럼 주어진다. 꾸역꾸역 해낸다. 나는 결국 세상에게 소외될 것이고 이룬 것이 없어 외면당할 것이다. 반세기 동안 이어졌던 엄마들의 삶처럼 말이다. 그러니 그냥 하하 호호 예쁜 글이나 쓰고 싶다. 엄마에겐 위선이 최선인 것이다.

여전히
나인 것들

"저… 올해는 아이를 가지려고 계획 중이에요."

"오, 좋은 생각이에요!! 정말로요! 아이 낳으면 매일 혼자 울게 될 거예요."

반사신경처럼 내 입 밖으로 진실이 튀어나왔다. 분명 축하의 뉘앙스였는데 내용은 마치 저주 같다. 서로 띠용-한 눈빛을 주고받았다. 운 좋게도 내 진심이 그에게 닿았는지 상대편의 눈시울이 붉어졌다. 내 눈시울도 덩달아 벌게졌다.

결혼과 출산을 겪은 뒤로 주변 사람들의 결혼 소식이나 임신 소식은 내게 새로운 감상으로 다가왔다. 결혼 1년 차에 들었을 때, 아이가 돌이 지나 들었을 때, 둘째를 낳은 뒤 들었을 때 매번 기분이 달랐다. 결혼이라는 제도 안에 깊숙이 진입할수록, 남편과의 관계가 익숙함과 권태 사이에서 아슬한 선 넘기를 할수록, 결혼과 출산은 더더욱 눈물 없이 할 수 없는 이야기가 되었다.

결혼은 뭐랄까…, 출산은… 글쎄, 결혼은 남이랑 같이 하는 거고 출산은 혼자 하는 건데 이상하게 둘 다 혼자 하는 것 같은 기분이 든다. 단순히 제도나 세상 탓을 하고 싶진 않다. 육아가 힘들다는 말도, 결혼 생활이 고루하다는 말도 다 이미 촌스러우니까. 난 그저 이 결혼과 출산이라는 것이 내가 나로 살고자 할 때 큰 도움은 안 된다는 말을 하고 싶은 것 같다.

내게 가장 중요한 것은 내 존엄이 훼손되지 않는 것, 내 커리어가 단절되지 않는 것, 내 정체성이 확대되고 성장하는 것이다. 그런데 이런 건 결혼이나 육아와 좀처럼 균형을 이루지 않았다. 아이 둘을 키우면서 "저는 여전히 제 삶을 살아가기를 꿈꾸는데요"라고 말하는 것은 사치스러운 고민이나 뜬구름 잡는 소리로 치부되기 십상이었다. 누군가 아이 엄마 입에서 “저는 아직 제 인생에서 도전해보고 싶은 것들이 많은데요”라는 말이 나오는 걸 들었다면 “쟤 아직도 정신 못 차렸나 보다” 할지도 모를 일이었다.

남편도 가끔 내 식구가 아닌 것 같았다. 나는 하루 중 너무 많은 시간을 집에서 보냈고 그는 하루 중 대부분의 시간을 집 밖에서 보냈기 때문이었다. 그 시간의 불균형은 내게 결혼과 육아가 여성에게 무엇이고, 그 결과로 그 무엇이 될 수밖에 없는지 그 필연성을 설명해주는 것만 같았다. 엄마가 된다는 건 정말 그랬다.

하루는 ‘사유의 정원’이라는 독서모임을 함께 하고 있는 나의 중학교 선생님을 찾아가 울었다. 울려고 찾아간 건 아니었는데 근황을 이야기하며 초밥을 나누어 먹다 목이 메었다. 나는 내 눈물처럼 맥없이 야들한 티슈 한 장에 연신 눈물을 찍어냈다.

“아무도 제 마음을 몰라요.”

그게 제일 서러운 터였다. 아무도 내가 뭘 하는지, 무엇에 정성을 쏟느라 나머지 일에는 정신머리가 없는지,

매일 티도 안 나는 당연한 일들을 얼마나 많이 해내고 있는지 알려고 하지 않았다. 내가 집 밖에서 일을 하는 것도, 집 안에서 일을 하는 것도, 사람들은 모두 당연하다는 듯 여겼다. 심지어는 높은 기대치마저, 그리고 그것이 충족될 때마저, 내가 하는 모든 것이 당연했다.

나의 출연료를 들은 엄마가 "얼마 안 되는구나"라는 말로 내 어깨를 토닥일 때 나는 자존심이 구겨졌고, 구겨진 어깨라도 펴보려고 "이번 달은 내가 남편보다 많이 버는데?" 말대답을 했을 때도 남편 기분 나쁘게 하지 말라는 말이나 들어야 했다. 퇴근한 남편이 열심히 집안일을 하고 자신이 방금 무엇을 했는지 으스댈 때면 그가 그저 내게 칭찬 한마디를 바란다는 걸 알면서도 마음속으로 '어쩌라고'를 외쳤다. '나는 나열할 수 없을 만큼 자잘하고 다양한 집안일을 했어. 말하자면 입만 아파.' 그렇게 나는 입을 다물었고 매일 고립된 기분을 느꼈다. 하품하듯 시도 때도 없이 눈물이 흘렀는데 그럴 땐 아이들과 있으면서도 '혼자'였다.

사유의 정원에서는 6개월간 '고독'을 주제로 여섯 권의 책을 읽었다. 나쓰메 소세키부터 쇠렌 키르케고르까지. 보후밀 흐라발의 《너무 시끄러운 고독》 속 한탸의 난해하고 오싹한 순수함은 오묘하게도 육아라는 반복 노동을 대하는 나를 닮아 있었다. 고독한 사람들을 한참 만나고 나서야 나는 육아에 가장 어울리는 단어가 고독임을 알았다.

고독을 주제로 반년간 이어온 독서모임을 마치던 12월, 선생님께서 내게 콘서트 티켓을 쥐어주셨다. 서울챔버뮤직소사이어티의 '고독으로 빚어진 음악'이라는 제목의 연주회였다. 클래식 음악이 얼마 만인가. 아니 아이 낳고 어른을 위한 공연을 본 게 정말 얼마 만의 일인가. 게다가 나의 테마와도 같은 '고독'이 주제라니. 설레는 마음으로 예술의 전당으로 향했다. 그리고 첫 프로그램에서 완전히 마음이 녹았다.

첫 곡은 1944년 기드온 클라인이 작곡한 현악 삼중주였다. 유대인이었던 그가 스물다섯에 나치 수용소에서 작곡한 곡이라고 했다. 이 곡을 완성하고 몇 달 뒤 그는 죽었다고 했다. 음악은 누군가에게 발걸음이 밟히는 듯한 기분 나쁜 찝찝함으로 시작하는데 이윽고 마음속에서 두 개의 마음이 분리되듯 혼란해지다가 어떤 아름다움을 빚

어낸다. 조금씩 시차를 두고 같은 멜로디를 빚어내는 세 가지의 현악기는 불협화음을 만드는 듯하나 궁극적으로 앞을 향해 전개될 뿐 아니라 고요함으로 시간을 늦추기까지 한다. 첼로의 현이 울릴 때 그 영롱함은 세상을 잠시 멈추었다. 그때 나의 숨도 잠시 멈췄다. 그사이 무언가가 가슴속을 스쳤다.

'아, 이게 나의 지난 1년이었구나. 17개월 터울로 둘째를 낳고 정신없이 하반기를 보낸 내 일상이 이거였구나. 지독한 불협화음, 기분 나쁘게 쫓기는 박자, 나른한 듯한 몽롱함, 지울 수 없는 쓸쓸함. 그런데 아름답구나.'

음악은 나를 잠시 다른 곳에 데려다주었다. 클라인처럼 독방에 갇힌 나를 상상했다. 몸은 바쁜데 목부터 정수리까지는 빳빳이 굳어버린 나. 어느 곳을 응시해야 하는지 모르는 나. 멍한 눈. 마음속 깊은 곳에 내가 남몰래 키우고 있는 나였다.

클라인의 곡이 3악장까지 모두 다 연주되고 나자 나는 손바닥이 뜨겁도록 박수를 쳤다. 감사했다. 인간에게 영혼이 있다는 것이, 그것들이 저마다 고독하게 자신의 빛을 내며 무언가를 창조하며 세상을 만들어가고 있다는 것이. 경이로웠다. 고독이 생명력이라는 걸 알게 된 것 같았다. 육아라는 세상에 다시 나를 담그면서, 그날 밤 나는 나의 고독을 제대로 만끽할 수 있게 해달라고 기도했다.

완벽히
혼자라는 것

두 번의 제왕절개수술을 했다. 열 달의 임신기 또한 그 누구에게도 온전히 이해받을 수 없는 외로운 변화를 감당하는 시기였지만, 분만 중에는 더 완벽히 혼자가 된 기분이었다. 진통이 무섭다는 이유 하나만으로 제왕절개를 선택한 내게 '출산'은 '수술'이라는 비교적 간단한 일정처럼 다이어리에 적혀 있었지만 수술 날짜가 다가올수록 염려와 불안감은 걷잡을 수 없이 커졌다. 그러나 해소할 방법이 없었다. 출산을 대신 해줄 사람도, 내가 출산을 하지 않을 방법 같은 것도 없었다. 차가운 수술대 위에 혼자 누워야 한다는 것, 심지어 나뿐 아니라 얼굴 모르는 새 생명도 같이 살아 돌아와야 한다는 것은 상상만으로도 무서웠다. 그러나 이 공포나 불안을 완벽히 이해해줄 사람은 없었다. 열 명의 사람이 있다면 열 가지 다른 임신기와 출산 경험을 겪는다. 또한 열 명의 각기 다른 기질과 특성을 가진 아이를 낳기 때문에 임신과 출산은 필연적으로 임산부만의 고유한 경험이다. 나만 알 수 있는 것들…. 임신과 출산은 가족의 일이자 뉴스에서 날마다 언급하는 국가의 중대사 같기도 했으나 근본적으로 너무나 사적인 일이었다. 결국에는 내 몸에서 일어나는 변화였고 시작은 어찌 되었는지 몰라도 이 시간의 마무리는 나 홀로 감당해야 했다. 나와 남편이 부부가 되고 가족이 되고 아이를 낳고 부모 자식 간이 되어 함께 많은 것을 나누며 하나의 운명체처럼 살고 있는 것 같아 보여도 결국엔 개별의 존재라는 것. 그것이 자명해지는 순간은 바로 출산을 경험할 때였다. 변화하는 신체를 보며 내가 포유류라는 것을 받아들이게 되었던 것과 비슷한 이치로 나는 결국 혼자라는 것을 임신과 출산을 통해 깨달았다.

둘째 제왕수술을 위해 수술대에 올라 첫째를 받아주셨던 선생님께 다시 한번 하반신을 맡기면서 내가 뱉었던 마지막 말은 "선생님, 저 무서워요"였던 것으로 기억한다. 주치의 선생님은 "알아서 더 무섭구나" 하시며 속히 수술을 진행해주셨다. 양팔을 수술대에 묶고 누워서 천장을 바라봤다. 의식은 또렷한데 감각은 흐릿한 것이 황천길과 이승 사이의 감각 같았다. 내가 죽을까봐 무섭고, 아기가 잘못될까봐 두려웠다. 두 번째 수술인 데다 아기도 작은 편이니 칼자국을 최대한 작게 내보겠다고 하셨던 까닭인지 첫아이 출산과는 달리 내 몸통이 흔들리고도 아이 울음소리가 바로 들리지 않았다. 너무 작은 길이를 절개한 까닭에 아이가 잘 나오지 않았다고 하셨다. 그러나 수술대 위에 누운 내게는 아이 울음이 곧장 들리지 않는 것이 너무나 큰 공포였기에 묶어둔 팔을 따라 쇄골 근육에 바짝 힘이 들어갔다. 그 짧은 사이 얼마나 긴장을 했는지 가슴 근육이 당겨 심장이 아픈 기분이었다. 결국 나는 산소호흡기를 끼고 회복실에 돌아왔다. 그리고 가슴의 근육통은 며칠이 갔다. 두 번째라 조금이라도 더 쉬울 줄 알았는데, 두 번 모두 다시는 하고 싶지 않은 경험, 그것은 '출산'이었다.

엄마가 된 이가 어른처럼 느껴지는 이유는 출산 후 아이를 키우며 지나온 헌신과 돌봄의 시간이 짙은 향이 되어 몸에 배기 때문이기도 하지만 그가 완전히 혼자인 시간을 건너왔기 때문이기도 하다. 누구도 대신해줄 수 없는 것들을 지나오고 나면 우리는 언제나 어른이 되어 있다. 어른이 된다는 것은 완벽히 혼자가 되어봤다는 뜻이라는 것을 엄마가 된 뒤에 알았다. 어른이 된 엄마는 제법 어른스러운 다짐도 적어본다.

언젠가 네가 "엄마가 나한테 해준 게 뭐가 있냐" 묻는 미래가 온다면 나는 차가운 수술대 위에 누웠던 시간을 떠올릴 거야. 엄마라는 여정의 시작이 혼자 됨이었다는 걸 상기하며. 너를 낳으며 엄마는 아무에게도 이해받을 수 없는 존재가 되겠다는 운명을 순순히 받아들였으니까. 널 만나기 위해 누웠던 수술대는 차가웠지만 우리가 나누는 온기는 따듯했으면 좋겠다.

사막에서도
잘만 크는 선인장처럼

어제부터 둘째 임신 7개월 차에 접어들었다. 어제는 참 힘든 날이었다. 입병이 며칠째 가시질 않더니 결국 일평생 강건했던 입맛까지 앗아갔다. 몸은 이유 없이 처졌고 아무리 자도 피곤은 가시지 않았다. 나의 하루는 무척 단순한데도 매일 저녁 나는 대단한 순회공연이라도 하고 온 사람처럼 사지를 주무르며 앓는 소리를 했다.

오늘도 여느 때와 다름없이 하원 시간에 맞춰 어린이집에 아들을 데리러 갔다. 어린이집에서 받아 든 아이를 품에 안고 집까지 걸었다. 헥헥 거친 숨을 몰아쉬며 아이를 잠시 엘리베이터 앞에 내려놓고 숨을 골랐다. 엘리베이터 앞에는 얼마 전부터 내 마음을 싱숭생숭하게 하는 안내문이 붙어 있다. 한 달간 승강기 교체 공사를 한다는 안내문. 물이나 쌀은 미리 사두라는 안내문.

다음 달이면 임신 8개월인데, 내가 계단으로 12킬로그램이 넘는 아이를 안고서 등하원을 잘 시킬 수 있을까? 승강기 교체를 환영하는 플래카드와 내 마음은 상반됐다. 우리 집은 7층. 엘리베이터 없이 1층에서 7층으로, 혹은 아파트 옥상에서 7층으로 계단을 타고 다닐 생각에 마음이 무거웠다. 남편이 한 달간 다른 집을 임대해서 지내자고 제안했지만 경기도 여주에 세탁기와 냉장고가 구비되어 있는 단기 임대 주택은 좀처럼 찾기 어려웠다. 펜션처럼 넓고 잘 정돈된 집들은 한 달에 임대료를 300만 원에서 400만 원 정도 내야 한다고 했다. 마음이 움츠러들었다. 그냥 외출을 최소한으로 하는 것이 최선 같아 보였다. 집 안에 갇혀 지내야 한다고 생각하니 울적했다. 나의 불편함이 나만의 불편함이라는 것이 괜히 억울했다.

그러나 억울할 새도 없이 나는 하원한 아이의 저

녁 식사부터 준비해야 했다. 아이와 함께 먹을 나의 식사도 한 그릇 차렸다. 아이에게 숟가락을 쥐어주고 나도 숟가락을 쥐었다. 꽤 평화롭고 순조로운 시작이었지만 잠시 뒤 식탁 밑을 수놓은 밥알 은하수에 할 말을 잃었다. 아! 하는 짧은 탄식과 함께 눈물샘에 물이 차올랐다. 저녁을 먹은 아이를 재우는 것조차 쉬운 일은 아니었다. 만삭처럼 나온 배 위에 첫째를 올려 안고 끙차 일어서서 거실로 갔다가, 다시 아이 방으로 갔다가, 다시 아이를 재울 침대로 가기를 반복했다. 체력적 한계에 다다르자 줄줄 눈물이 났다. 혼자 있고 싶어서, 쉬고 싶어서.

아이가 둘이 되면서 나 자신을 돌보고 키울 시간은 당연하게도 줄었다. 뚜렷한 직장이 없는 내게 나를 위해 쓸 수 있는 시간이 줄어들고 있다는 말은 나의 밝은 미래 또한 수축하고 있다는 의미 같았다. 생산성 없는 나의 하루하루가 내 가치를 조금씩 갉아먹고 나는 영영 소멸하고 있는 것 같기도 했다. 우울감과 낙담. 육아가 버거울 때면 이 두 가지가 어김없이 내 마음을 내리쳤다. 그럴 때면 하루도 더 살 자신이 없어졌다.

내 인생은 어디로 가고 있는 걸까? 미래의 나는 내

가 바라는 모습대로 커 있을까? 미련하게 살고 있는 건 아닐까? 이기적으로 나를 위해 살아볼까? 남의 손에 아이들을 맡기고 자기 계발에 몰두하는 게 맞지 않을까? 요즘 아이들은 잘난 엄마를 좋아한다는데. 그런데 내가 아이에게 쏟을 시간을 아껴서 나에게 쓰고 엄마도 이만큼 컸다 자랑할 때 혹여나 아이가 그 시간에 자기나 제대로 키워주지 그랬냐며 엄마로서 소홀했던 나를 타박하진 않을까? 하지만 얘들아, 엄마 역할에 소홀해지는 것도 공짜는 아니었어. 오늘 파트타임 베이비시터를 알아봤는데 아무리 못 주어도 한 달에 145만 원이던걸. 미래를 대비해 변명을 준비해봐도 두서가 없었다. 그렇게 사방이 막힌 벽에 홀로 덩그러니 놓인 기분이 들 때면 아이들을 재우고 책상에 앉아 일기를 썼다.

"돈으로는 너희를 키워야 하니 이제 나는 나 스스로 크는 수밖에 없어. 그게 내가 새벽에 일어나서 글을 쓰려고 하는 까닭이고. 그러니까 엄마를 미워하지 마. 엄마는 스스로 알아서 클 테니까."

나는 알아서 커야 한다. 사막에서도 잘만 크는 선인장처럼. 최소한의 수분으로 살고 꽃피워야 한다.

힘을 빼야 하는 순간

중학생 때부터 민들레 그리는 것을 좋아했다. 고등학생 때는 민들레의 주기를 담은 그림책을 그리기도 했다. 한지에 수채화로 세밀하게 한 땀 한 땀, 노란 꽃에서 홀씨가 가득한 솜뭉치까지. 나는 그렇게 이유 없이 민들레를 좋아해서 다양한 계절의 민들레를 그려댔다. 민들레는 나에게 뭐랄까, 위로였다.

이후 대입과 취준, 정신없던 방송국 아나운서 생활과 퇴사, 결혼과 출산까지 쉼 없이 이어오는 동안 내 취향을 돌보는 일보다 목표 달성에 치중하게 되면서 나는 한동안 민들레를 잊고 살았다. 사는 일에 치여 내가 민들레를 좋아했다는 사실마저 희미해졌다. 나는 그렇게 자라 엄마가 되었고, 어린이집에서 나온 아이와 집으로 돌아가던 중 아파트 단지 아스팔트에 피어난 백발이 된 민들레 한 무더기를 만났을 때 잊었던 나의 작은 취향을 다시 마주했다. "와, 민들레네." 나는 대뜸 어른이(어린이인 척하는 어른)가 되어 아이에게 쪼그려 앉아보자고 했다. 이렇게 잡고서 후- 부는 거라고 갓 돌이 지난 아기에게 가르쳐주었다. 아이의 입김으로는 떨어지지 않는 홀씨. 나는 홀씨는 날아가야 비로소 홀씨가 되는 거라고, 멀리멀리 갈수록 좋은 거라고 말하며 있는 힘껏 보란 듯이 민들레 홀씨를 불었다. 아이는 별 관심이 없었지만.

정말 잠깐이었다. 채 3분도 안 되는 시간 동안 우리는 잠시 민들레를 보고 돌아왔다. 그런데도 계속 민들레 생각이 났다. 나는 왜 어릴 때 민들레를 그렇게 좋아했을까. 내가 멀리 불어 보낸 홀씨 생각도 했다. 홀씨는 어떻게 그렇게 가벼울까? 멀리 가기 위해 가벼워진 거겠지. 사실 민들레는 특별히 예쁜 꽃이라기보다 잡초 같은 면이 있다. 잡초라기엔 예쁘고, 꽃이라고 하기엔 존재감이 미미한 작은 민들레. 방송인이라고 하기에는 유명하지 않고, 작가라고 하기에는 특별한 재능이 없는 나처럼. 이도 저도 아닌 내가 민들레를 닮은 듯도 했다. 민들레는 아스팔트에 불쑥 뿌리를 내리는 강인함에 비해, 줄기는 봄바람에도 흔들릴 만큼 유연하다. 아이를 키울 만큼 씩씩하면서 야식의 유혹에는 쉽게 흔들리는 내 모습도 민들레를 닮은 건가. 그러나 뭐니 뭐니 해도 민들레의 가장 큰 특징은 홀씨다. 솜사탕 같기도 하고 할미꽃처럼 생기가 없기도 한, 참으로 묘한 홀씨. 너무도 가벼워서 아무런 미련도 계획도 없어 보이는 홀씨. 꽃 다음의 단계에 들어선 홀씨가 괜히 나 같기도 했다. 이제는 아가씨가 아닌 나.

아이가 어린이집에서 바람개비를 만들어 온 날이었다. 아이는 바람개비를 돌려보려는지 손잡이를 잡고서 좌우로 마구 흔들었다. 하지만 흔들면 흔들수록 얇은 색종이로 만들어진 바람개비는 돌아가기는커녕 거친 바람을 맞고서 구겨졌다. 나는 아이를 가만 불렀다.

"정안아, 이거 봐."

어른의 요령으로 나는 아이의 바람개비 앞에 손

선풍기를 갖다 댔다. 손 선풍기 앞 바람개비를 가만 들고 있으니 바람개비는 스스로 쉼 없이 돌았다. 아이는 눈이 커지더니 다시 바람개비를 빼앗아 들었다. 하지만 다시 바람개비를 좌우로 흔들어댔다. 바람개비가 돌아갈 리 없었다. 아이가 바람개비를 들고서 자신만의 방식으로 돌아가게 할 방법을 찾는 동안 나는 다시금 손 선풍기를 물끄러미 보았다. 얼마 전 길에서 보았던 민들레 홀씨 생각을 하면서. 또 선풍기 앞에서 가만히 돌아가는 바람개비를 생각하면서.

살다 보면 힘을 빼야 하는 순간이 있다. 힘이 빠지는 순간도 있다. 바람개비를 막무가내로 흔드는 것을 멈추고 홀씨가 되어야 하는 때처럼. 그게 지금일지도 모르겠다. 달리는 것을 멈추고 잠시 삶의 속도에 맞추어 걷기. 계절이 바뀌는 것을 넋 없이 바라보기. 아이가 일어나고 잠드는 것을 기다리기. 홀씨처럼 가벼워져야 홀연히 멀리 갈 수 있을 테지. 선풍기 바람을 가만히 맞는 것만으로도 멋진 바람개비가 되기에 충분하겠지. 흐르는 대로, 조급해 말고, 슬퍼하지 말고 내려놓자고. 그렇게 식탁에 앉아 봄이 지나가는 것을 음미했다.

우리 집

나에게는 나조차 이해할 수 없는, 깊은 심연 같은 세계가 있다. 이것은 나도 잘 모르는, 내가 어떻게 내가 되었는지에 대한 이야기이기에, 그 세계가 어떤 모습인지 설명하기란 쉽지 않다. 나는 왜 스물다섯에 결혼을 했을까? 그리고 나는 왜 아이를 낳고도 '나'를 포기 못 해서 안달을 하며 이런저런 도전을 쉬지 않았던 걸까? 가만- 그렇게 한참을 생각했다. 난 왜 이렇게 인생을 대하는 걸까? 스스로에게 아무리 물어도 답은 알 수 없었다.

그러던 어느 날 부엌 싱크대가 막혔다. 우리 집은 여주의 30년 된 아파트. 남편의 직장에서 주는 관사였다. 우리는 관리비만 내고서 오래된 아파트에서 살았다. 서울에서 살던 집과 다른 점이 참 많았다. 일단 1층에 공동 현관문이 없어 누구나 아파트로 들어올 수 있는 구조이고, 방 세 개에 화장실이 두 개인데도 내가 아파트를 사는 데 필요하리라고 생각해본 금액대가 아니었다. 서울에 이런 가격의 아파트가 있나? 실제로 남편은 자신이 어릴 때 살았던 그 옛날의 집과 이 집이 같은 구조라고 했다.

"진짜 똑같은 구조라서 어디가 내 방이었는지도 말해줄 수 있어."

이사 오기 전, 집 안을 살펴보기 위해 빈 관사를 돌아보던 남편이 말했다.

"당신은 이런 오래된 아파트 살아본 적 없지?"

우리 이전에 이 집에 살던 분에게는 죄송하지만 (그분에게도 이곳은 집이었다기보다 기숙사 정도였던 것 같으므로) 이 집의 첫인상을 말해보자면, 이곳은 폐업한 민박집 같았다. 낡은 모텔에나 있을 법한, 내 어깨까지 오는 작은 냉장고 하나가 미적지근 돌아가고 안방은 붙박이장이 없는 데다 싱글 침대 하나만 덜렁 놓여 있어 더 넓어 보였다. 다른 방에는 주로 자취하는 남성들이 설치할 것 같은 플라스틱 옷걸이가 정글짐처럼 앙상하게 세워져 있었으며, 화장실은 옥색 타일, 주방은 체리색 나무 무늬로 장식되어 있었고, 주방 선반에는 할머니 집에서 보던 옥빛 꽃무늬의 크리스털 그릇들도 있었다.

1990년부터 지금까지 관사로 쓰였다는 가정하에 참 많은 사람들이 살았을 텐데도 이 집에선 아무런 온기가 느껴지지 않았다. 모두가 이곳에 조금의 돈도 들이고 싶지 않았는지 플라스틱으로 된, 아무런 통일감이 없는 간이 가구만이 가득했다. 아마 관사에 머문 이들은 이곳을 '진짜 집'처럼 여기진 않았던 모양이다. 그나마 도배는 2년 전에 한 거라고, 온 가족이 이사 온 경우는 우리 집뿐이라 상태가 좋은 집을 준 거라고 했다. 우리는 사비를 털어 입주 청소를 하고 집에 정을 붙이기 시작했다. 2년만 살 집이라 이것저것 더하기가 아까웠지만, 커튼도 달고 방마다 에어컨도 달았다. 거실 조명도 전구 여섯 개가 촛대처럼 고스란히 노출되는 모양이었는데 그중 네 개에 불이 들어오지 않았으므로 새 조명으로 바꾸었다. 그럼에도 여전히 우리가 누르는 조명 스위치는 많은 부분 작동하지 않아 네 개 중 하나만이 거실에 불을 켜주었다. 우리는 여러 스위치들을 이것저것 눌러가며 무엇이 작동하는 단 하나의 '그' 스위치인지를 터득해갔다.

낡은 집은 고칠 것투성이였다. 덕분에 나는 집에 대해 많이 배웠다. 하루는 싱크대의 호스가 터져서 스프링클러처럼 물이 사방으로 튀었다. 여름에는 에어컨을 켜면 오븐이 돌아가지 않았다. 전기가 부족해서였다. 어떤 하루는 화장실의 호스가 찢어졌고, 어떤 날은 싱크대가 막혔다. 싱크대 밑의 호스를 갈아주러 오신 기사님이, "이건 호스만 갈아서 될 게 아니에요. 호스에 연결하는 이 볼트랑 너트가 15년도 더 된 모델이네요. 이건 지금 없는데…"라고 말하며 놀랐을 때도 난 놀라지 않았다. 이 집은 그런 집이니까. 집이 이곳저곳 아픈 덕분에 나는 이곳저곳 열어봤다. 전구를 열어보고, 싱크대 밑을 찬찬히 들여다보고, 두꺼비집을 열어보고.

그 때문일까? 나는 이 집이 좋았다. 1990년대에 머문 듯한 촌스러움도 좋았고 불편함도 좋았다. 정말 변태처럼 좋았다기보다 그게 나를 겸손하게 했기 때문에 좋았다. 불편하고 결핍이 된 부분들은 우리 가족을 더 부지런하게 했고, 집에 대해 더 많이 생각하게 했다. 많은 곳에 내 손이 갔고 그게 이 집에 정이 들게 했다. 무엇보다 아이는 이 집에서 행복해 보였기에 아이가 웃고 있는 이 집이 좋았다. 이 집에서 행복했다는 것. 이 사실은 내가 배운 인생의 비밀이다. 겪어보지 않으면 절대 알 수 없을.

가만 생각해보니 내가 안다고 믿었던 대한민국은 고작 서울이었다. 그리고 서울, 그곳은 참으로 큰 욕망과 욕심으로 가득 찬 도시였구나.

가만 보면 내 유년기의 첫 집도 이렇게 생겼었다. 이것보다 작고 이것보다 낡았던 것 같기도 하다.

“당신은 이런 오래된 아파트 살아본 적 없지?”

내게 묻는 남편에게 나는 애먼 대답을 한다.

“나는 허름한 집이 두렵지 않아. 사랑이 없는 게 더 무서운 거야. 우리가 서로 눈 맞추고 대화하지 않고, 우리가 아이들을 껴안고 사랑한다고 말하지 못하는 게 진짜 가난한 거거든.”

너무 불편해서 불평할 수조차 없고, 곳곳이 낡아 내 손이 쉼 없이 닿아야 하는 곳. 절로 겸손해지는 곳. 그리고 내가 좋아하는 곳. 그러고 보니 이건 내가 인식하는 내 삶을 닮기도 했다. 내 인생은 남루해서 군데군데 참 손이 많이 가고 그래서 정이 간다. 나라는 불완전한 인간을 사랑하기 위해 나는 계속 분주하게 터지고 막힌 곳들을 정비하고 쓸고 닦으며 내게 정을 붙이는 중이다. 그런 바지런한 나를 내가 좋아하기도 하고. 나는 너무도 촌스러워 나를 겸손하게 하는 것들이 좋다. 어떤 꿈이 그렇고, 어떤 집이 그러하며, 어떤 사람도 그렇다. 남편이 나를 보며 촌스럽게 웃고, 내 꿈도 촌스러운 면이 많아 가만 보면 웃기기도 하다. 내가 사는 집도 촌스러우니까, 나도 꽤나 촌스러운 것 같다. 그러나 그것은 우리가 인생 앞에 겸손하다는 뜻이라 믿어서 나도, 나의 집도, 내 꿈도, 내 남편도 참 좋다.

결핍을 대하는 방식

엄마는 일하러 가는 길에 어린 나를 외숙모 집에 맡기곤 했다. 내가 좋아하는 반찬들과 함께. 이거 먹이면 된다는 말과 잘 부탁한다는 당부도 잊지 않았다. 그런 내가 가장 좋아했던 반찬은 팽이버섯 전이었다. 팽이버섯에 달걀물을 묻혀 부친 것. 요리라고도 할 수 없는 간단한 반찬인데 맛이 예술이다. 얇은 팽이버섯 줄기 사이사이로 계란물이 스며들고 거기에 버섯의 수분기가 더해져서 한 입 베어 물면 육즙 같은 채즙이 입안 가득 터진다. 이후 팽이버섯의 식감을 느끼며 씹으면 씹을수록 버섯의 달콤함과 고소함이 커진다. 그냥 구워도 맛있지만 소금을 살짝 치면 더 맛있다.

팽이버섯 전은 내게 남의 집에 맡겨졌던 시간을 떠오르게 하는 반찬이다. 내가 그것을 추억이라고 부르면 엄마는 미간을 구기며 잊으라고 할지도 모르겠다. 그러나 나는 이상하게 팽이버섯 전이 좋다. 팽이버섯 전이 맛있어서인지, 맡겨진 기억도 잊고 싶지가 않다. 나는 그 기억을 반찬 삼아 여러 번 식탁을 차렸다. 내 아이의 유아식에도 자주 올렸다. 기다란 버섯 줄기를 가위로 자르고 치즈 가루를 살짝 뿌려 대단한 요리처럼 완성했다. 무로 스테이크를 만드는 미슐랭 셰프처럼 팽이버섯도 그렇게 정성스럽게 반찬으로 내어 보이고 나면 나는 괜스레 기분이 좋았다.

하루는 엄마가 감자를 보며 이모 얘기를 했다.

"엄마는 강원도에서 자라서 감자를 많이 먹었거든. 그래서 이 삶은 감자가 좋아. 그런데 이모는 감자가 싫다더라? 어릴 때 질리도록 먹어서 쳐다도 보기 싫대."

가만 보면 엄마도 나도 결핍을 대하는 방식이 같

다. 좋아해버리기. 흑백요리사로 화제를 모은, 미슐랭 3스타에 빛나는 안성재 셰프는 죽기 전 먹고 싶은 음식으로 할머니가 만들어주신 요리를 골랐다. 관절염으로 아픈 손으로 해주신 그 무엇이든, 그 온기만 느낄 수 있다면 먹고 싶다고 했다. 셰프 손자를 키운 할머니는 분명 맛난 음식을 하시는 분이었을 테지만 나는 안성재 셰프가 먹고 싶은 것이 결핍이 있던 시절에 대한 온정일지도 모른다고 생각했다. 나의 팽이버섯 전처럼. 사람을 진정 충만하게 하는 것은 물질적 풍요가 아니라 '없는 와중에 있었던 것들'이 아닐까. 없었기 때문에 있다는 것을 알게 된 존재들. 무언가가 없었다는 것을 상기시켜주는 것들은 왜 그렇게 쉽게 사랑의 상징이 되는 걸까? 삶의 한 면을 꽉 채우지 못한 불완전한 면면들은 사랑이라는 온기로 채워진다. 타인과 나눈 정, 음식, 시간은 사랑의 발현지다. 불완전한 것들을 안고 살기 위해서 사랑이 있는가 보다. 없었다면 그 누구도 삶을 사랑하지 못했을 테지.

저마다의 향수

방송을 하는 이에게 '미의 추구'는 자연스러운 것이다. 세상은 미디어에 예쁘고 날씬한 사람이 나오는 것을 좋아하니까. 모델 업계 종사자도 아니고 아이돌도 아니지만, 퇴사 후에도 여전히 나의 주된 밥벌이는 방송이었으므로 나는 아이를 임신한 중에도, 낳은 후에도, 내게 여러 미적 잣대를 들이댔다. '너무 많이 찐 것 같아' '살이 너무 많이 튼 것 같다' '살이 쳐진 것 같은데?' '가슴이 커지는 건 좋지만 쳐져선 안 돼' 따위의 고민을 했다. 하지만 만삭이 되며 너무도 당연하게 나는 인생 최고 몸무게를 경신했다. 아가씨, 미스(miss), 마드모아젤이라는 말의 속뜻이 '출산을 경험하기 이전의 여성'을 통칭하는 말이라는 것을 아이를 낳고 나서 직관으로 알게 됐다. 출산은 그만큼 감출 수 없는 육안상의 변화를 많이도 가져왔다.

둘째를 낳고 한 달 뒤 나는 트레바리에서 독서모임을 진행했다. 클럽장이었던 내가 선정한 책은 무려 나오미 울프의 《무엇이 아름다움을 강요하는가》였다. 2000년대 초반의 미국을 배경으로 한 이 책은 사회에서 요구하는 미를 추구하다 몸과 정신을 괴롭히게 되는 현상을 설명한다. '아름다움'이라는 덫에 걸려 빠져나올 수 없게 된 현대인. 어렵지 않게 공감할 수 있는, 이제는 상식이 된 문제 제기들이 가득하다. 아이를 낳기 전에도, 아이를 낳은 후에도, 그 덫으로부터 자유로워질 수는 없는 걸까 하는 고민은 계속됐다. 그러나 산후조리원에서 다시 집어 든 그 책은 어딘지 내 현실과는 많이 동떨어져 있었다. 뱃가죽이 늘어나 배꼽 모양을 바꿔놓은 것, 바람 빠진 풍선 같은 복부가 출렁이는 것과 땅땅하게 부은 종아리가 돌아올 기미가 없는 것, 전부. '변화'와 '추(醜)'에 대한 괴로움은 너무 자연스러운데, 내 몸을 둘러싼 모든 것은 공포인데, 책은 널 그렇게 만든 세상이 더 공포라며 애먼 소리를 했다. 조리원 거울 속 내 모습을 볼 때면 책 속의 내용을 새카맣게 잊었다. 현실이 책 속의 내용보다 충격적이기 때문이었다. 하다못해 빌렌도르프의 비너스에 대한 미술사적 해설조차 짜증이 났다.

"다산과 풍요를 상징하며 유방과 복부를 과장되게 표현함."

과장? 장난하나? 미술을 전공한 긴 시간 동안 나는 그 '과장'이라는 설명을 철석같이 믿었다. 나의 할머니가 유난히 복부에 살이 많았던 것, 가슴이 길게 쳐졌던 것은 기억하지 못했기 때문이었다. 그러나 이제는 안다. 지금과 같은 여러 산후조리 서비스 없이 아이를 일곱씩 낳았다면, 내 몸은 분명 빌렌도르프의 비너스 같은 모습이었을 것이다. 누군가에게는 그 동상이 과장을 빌려 풍요를 상징하는 예술품이겠지만, 내게 그 비너스는 그저 아이를 연달아 낳은 산후 혹은 임신 중의 여자로 보였다.

엄마가 된 여성에게 '미'란 더 이상 허상이거나 주입된 것이 아니다. 임신 기간과 산후의 시간, 육아라는 노동, 이 모든 것은 몸을 바꾸어놓는다. 늘어난 것과 줄어들 수 없는 것들을 가지고 살게 된다는 건 그렇게 이상한 기분이다. '노화'라면 노화일 뿐이고, '변화'라면 변화일 뿐이고, 이 모든 불편함이 '미'에 대한 집착이라면 또 그런대로 말이 되지만, 그 어떤 설명도 출산한 여성의 몸 앞에서는 적확한 설명처럼 느껴지지 않는다. 이건 그냥… 이 몸으로 한 일이 너무 많다는 뜻이고, 너무 많이 지나왔다는 뜻이고, 늙어간다는 것이고, 완전히 돌아갈 수는 없다는 뜻일 테지. 영영 돌아갈 수 없는 고향을 가진 사람처럼 엄마들은 그렇게 저마다의 향수를 가지고 산다. 제2의 고향에서 사는 사람처럼 제2의 몸을 가지고.

살림
노동자가 되다

내겐 이상한 반발심이 있었다. 살림은 안 할 거라는. 어쩌다 머릿속에 박히게 된 사고인지 모르겠지만 살림은 왠지 그냥 싫었다. 막연히 결혼이 꺼려진 것도 살림이 싫어서였다. 아이를 낳기 두려웠던 것도, 빨래가 늘고 설거지가 느는 게 마치 내 할 일이 느는 것 같아서였다. 신혼 초 나는 살림을 잘하지 못했다. 하지만 잘하지 못하는 내가 부끄럽다기보다 슬쩍 자랑스럽기까지 했다.

"봐! 결혼해도? 어? 아이 낳아도? 살림하는 여자

아니라고! 살림 못해도 사랑받고 산다고!" 소리치고 싶었던 걸까?

82년생 김지영 씨 뒤로 쑥덕이던 말들.

"나도 남편이 벌어다 주는 돈으로 살림이나 하고 살고 싶다."

퇴사 후 내가 결혼한다고 했을 때도, 임신했다고 했을 때도, 내 뒤로 쑥덕이던 말들은 82년생 김지영 씨 뒤로 쑥덕이던 말들과 비슷했다.

"살림하려고 그만둔 거야?"

고작 그거 하려고 그만두는 거냐는 뉘앙스. 신혼 초에는 이러한 비아냥들이 상처가 되고, 잘하지도 못하는 살림을 하는 내가 못나 보였다.

첫째를 임신했을 때 하루 종일 집에만 있다가 남편의 퇴근 시간에 맞춰 찌개를 하나 끓인 적이 있다. 그런데 돌연 왈칵 눈물이 나는 것이다.

"오빠, 나 밥버러지 같지 않아? 요즘 나 돈도 못 벌고 남편 돈으로 밥이나 하고."

사회생활이 아닌 살림 생활을 하는 나 자신이 한심해 보였고, 아이까지 낳게 되면 이제 빼도 박도 못하고 살림을 쉼 없이 하게 될 것이 뻔하다 생각하니 눈물이 멈추지 않았다. 남편은 놀란 얼굴로 나를 달랬다.

"당신이 해준 밥을 내가 먹는데 밥버러지가 나지, 왜 수민이야?"

커리어 우먼을 꿈꾸던 여성에게 살림은 쉽게 혐오의 대상이 되었다. 내가 사회에 끼려고 얼마나 노력했는데 왜 갑자기 부엌에 있게 된 거지?

"나 살림 못하는 게 아니고 하기 싫어. 나 살림을 혐오하는 것 같아. 살림이 나한테 열패감을 줘."

"그래, 그럼 하지 마."

신혼 초 우리가 했던 눈치 싸움은 누가 더 많이 일할 것인가가 아니라 누가 그 정신적 피곤함을 더 많이 감당할 것인가에 대한 기싸움이었던 것 같다. 결과는 내가 자발적으로 집안일 지휘권을 갖게 되는 것으로 일단락되었다. 그는 일이 너무 많아 바빴고, 집안일의 양은 아이가 태어나며 방대히 늘어 누구라도 먼저 할 수 있는 사람이 책임지는 것이 빨랐기 때문이었다. 여기서 가사일이란 기저귀를 주문하고 냉장고 속 식재료 수량을 기억하는 것을 포함한다. 결혼 3년 차에 아이가 둘인 내게 가사 노동은 내 일상의 기본 중의 기본인 일이 되었지만 여전히 내게 숙제다. 될 수 있으면 한 발짝 떨어져 있고 싶은 것, 묘한 패배감을 주는 것, 이상한 거부감을 불러일으키는 것. 집안일에 능숙해질수록 내 머릿속에는 드라마 〈미생〉의 한 장면이 맴돈다. 커리어 우먼이지만 집에서는 빨래를 개며 남편과 대화하는 부장님. 본인도 의식하지 못하는 사이 집에만 오면 집안일에서 손을 떼지 못하는 사람. 나의 40대도 그런 관성으로 채워져 있을까? 물론 그 명장면의 아찔함을 완성시키는 것은 같은 화면 속의 남편이 함께 빨래를 개지 않았다는 점이라는 걸 이제는 알지만, 미혼일 땐 그저 남편처럼 지친 몸을 누이지 않고 홀로 빨래를 개는 게 문제라고 생각했다. 그렇담 이제 내가 가질 수 있는 미래에 대한 바람은 그저 남편이 나만큼 빨래를 개고 설거지를 하길 바라는 것뿐인가? 내가 상상할 수 있는 문제 해결책이 '바라기'일 뿐이라는 것이 참으로 어이가 없다.

물론 알고 있다. 가사 노동의 필요성, 아니 필수성. 집안 공동체의 구성원이라면 모두가 해야 하는 일일 뿐이라는 걸. 누가 더 하고 덜 하는 게 큰 문제가 되지 않는다는 걸. 이걸 기쁘게 해내지 못하는 건 내가 옹졸하기 때문이겠지. 가족을 위해 시간과 체력을 희생할 마음의 준비가 안 된 미숙함일지도 모르겠다. 하지만 말해보고 싶었다. 내가 살림을 혐오하게 된 건 나만의 이기심 때문만은 아니라고. 매일 저녁 남편과 아이들 식사를 차리고 빨래를 갤 때면 엄마 생각이 난다. 우리 집의 외로운 노동자.

1인분의
육아?

이상적인 아이 키우는 집에 대해 생각한다. 가장 좋은 환경은 엄마, 아빠가 아이와 함께 아이가 세 돌이 될 때까지 하루 대부분의 시간을 함께 보내는 것일지 모르겠다. 36개월 안에 아이는 부모에 대한 애착과 정서적 안정감을 기르고, 기본적으로 걷고 말하는 사회생활을 해낼 준비를 한다고 하니, 아이에게 최선이자 최고의 양육자인 부모가 그 시간을 오롯이 함께 보내주는 것이 가장 좋은 조건일 테다. 하지만 현실적으로 그 어떤 부모가 둘이서, 3년을, 아이만 보면서 살 수 있을까? 사회생활을 대신한 n년간의 가사 생활을 그 누가 공백이나 단절이 아니라고 말할 수 있을까? 육아휴직은 경력 단절이 아니라고 한다. 적더라도 급여를 받기 때문이다. 하지만 남녀 모두에게 집 밖이 아닌 집 안의 시간이 길어진 일상은 냉정하게 말해 사회생활로부터의 '이별'이고, '휴직'이라는 제도의 보호를 받더라도 커리어와의 '단절'이 맞다. 이상적인 부모가 되기 위해서는 그 '단절'을 감행해야 한다.

다시금 현실적인 아이 키우는 집에 대해 생각한다. 이상적인 모습에 도달할 수 없다면, 일시적이든 장기적이든 사회와의 단절 없이는 '최고의 부모'가 될 수 없다면, 결국 무엇이 가장 '최선'인, 전략적인 선택인가 묻게 된다.

전략: 어떤 목표에 도달하기 위한 최적의 방법

전략. 원래는 전쟁에서 승리를 위해 세우는 계획을 뜻하는 말이란다. 아이 키우는 집이 전쟁터와 같다는 의미를 함축할 뿐 아니라, 집안의 '목표', 육아 중의 '승리'를 무엇으로 정의할 것인가 하는 물음도 던지게 한다.

1980년대에서 1990년대에 우리 사회 가정의 전략은 대개 '경제적 안정'을 목표로 세워졌던 것 같다. 부부 둘 중 하나는 휴가도 없이 주 6일 밤낮을 일하고 다른 하나는 가사 노동에 '올인'하는 것이 일반적이었으니 말이다. 당시에는 결혼이 고민의 대상조차 아닌 당연한 선택지였던 것처럼, 그 시대에 남편은 주로 '일(work)', 아내는 보통 '집안일(house work)'을 했다. 그 결과 아빠는 가정에서 소외되고 엄마는 딸에게 "너는 사회생활해라"라고 말하는 부모가 되었는지 모르겠다.

그 후 우리 사회에 부부가 모두 경제활동에 참여하는 '맞벌이'가 등장했다. 맞벌이의 등장은 엄밀히 말해 사회 속 '여성'의 등장을 의미한다. 현재 우리는 더 이상 성별에 따라 차등한 교육을 받지 않는 세대이고, 고착화된 성 역할에 맞춰 살기를 희망하지 않는 세대다. 그러니까 이제 맞벌이는 부부가 동등하다는 하나의 강력한 근거이며 결혼과 출산이라는 선택 이후에도 부부가 동일하게 살아가고 있는가를 가늠해볼 수 있는 지표이기도 한 셈이다. 따라서 연인에서 부부로, 부부에서 부모로 남녀의 관계가 변모해가면서 겪게 되는, 비자발적 퇴사 혹은 경력 단절은 자아의 존립에 큰 타격을 줄 수 있다. 실제로 나 역시 전업 엄마라는 선택지를 떠올릴 때 그런 생각을 했다. 내가 아이 키우려고 대학을 가고 취업을 한 건 아니었다고. 그래서 일을 놓을 수가 없었다. 내게는 결혼과 출산 이전부터 살아온 '열심히 산 삶'이 있고, 그렇기 때문에 인생에 더 큰 기대가 있었다. 쌓아온 것과 쌓아갈 것들이 많다고 느꼈기에, 10대부터 시작한 나라는 개인의 능력을 더 키우고 발휘하는 그 레이스를 완주하고 싶었다. 그것이 내가 꿈꿔온 내 삶의 서사였고, 결혼과 출산은 이 레이스 트랙 옆에 평행으로 깔린 새로운 트랙일 뿐 결코 가던 길의 걸림돌도 우회로도 아니었다.

데이터마이너 송길영 작가는 그의 책 《시대예보: 핵개인의 시대》에서 데이터를 바탕으로 우리 사회의 미래를 예상해본다. 작가는 핵가족이라는 개념에서 착안해 새로운 사회 속 인간을 정의하는데 바로 '핵개인'이다.

핵개인: 자신의 삶의 주체성을 가진 개인

주체성이란 무엇인가에 대한 대답은 다양할 수 있

겠다. 다만 작가가 "개인의 자립의 끝은 내가 나의 삶을 잘 사는 것"이라고 말하는 데서 그 정의에 대한 힌트를 얻을 수 있다. 그러니까 미래의 우리는 '내 삶을 주체적으로 잘 사는 사람'이 되기를 궁극적으로 희망하게 될 것이라는 예측이다. 그렇다면 나, 개인, 주체, 자립이라는 말과 결혼, 임신, 출산이라는 단어는 오늘날 어떤 관계를 맺을 수 있을까?

고맙게도 오늘날 우리는 식기세척기와 세탁기, 건조기, 로봇 청소기, 음식물처리기와 함께 살아갈 수 있다. 부부 모두의 경제활동을 지지하는 제도도 분명 이전보다 많아졌다. 부부 중 일방이 꼭 전업으로 육아를 맡아야만 아이를 키울 수 있는 시대는 아니다. 우리는 발전하는 기술과 제도의 혜택을 누리며 가사 노동 시간을 줄여 자기 계발을 할 수 있고, 아이를 기관에 맡기면서 육아 대신 경제활동을 이어갈 수 있다. 그렇게 우리는 '주체적 선택'을 할 수 있는 여백을 키워가고, 그와 동시에 '핵개인'이 되는 것과 '주양육자'가 되는 일 사이에서 갈등하게 된다. 핵개인은 아직 임신, 출산, 육아와 관계 맺는 법을 배운 적이 없기 때문이다. 참고할 선례도 없다. 우리는 사회 속에서

1인분을 해내는 것에 몰두한 나머지, 결혼 생활과 육아에 있어서도 1인분을 찾는다. 그 때문에 '반반'이 성립할 수 없는 영역에서 우리는 길을 잃고 1인분 이상을 해내는 것을 손해라고 느끼기도 하며 헌신의 속뜻은 주체성의 훼손이라고 착각하기도 한다.

오후 3시. 서울에 나와 있던 중 어린이집에서 전화가 왔다. 아이가 갑자기 열이 난다고 했다. 서울에서 여주의 어린이집까지 가는 데 한 시간 정도 걸리는 것을 확인하고서 남편에게 전화를 걸었다. 소아과 진료가 끝나는 시간과 소아과의 무한한 대기 시간을 생각하면 지금 바로 데리러 가야 할 것 같아서였다. 내 전화를 받은 남편은 곧장 조퇴를 하고 어린이집에 아이를 데리러 갔다. 내가 소아과에 도착했을 때 이미 그들은 한 시간 동안 진료를 기다린 상태였고 우리는 함께 한 시간을 더 기다린 뒤 약까지 짓고 집으로 돌아올 수 있었다. 두 시간가량의 긴장 상태 후 아이가 약을 먹고 마침내 열이 내렸을 때 나는 안도하며 남편에게 말했다.

"나, 오빠가 없었다면 애 못 키웠겠는데."

남편이 웃으면서 대답했다.

"그럼 나는 어떻겠어."

"나 없으면 어쩔 뻔했어" "왜 그리 멀리 나가 있었어" "조퇴 쓰느라 얼마나 눈치 보였는 줄 알아" 같은 생색 혹은 책임 전가성 대답이 돌아올 거라 생각했다. 하지만 예상과 달리, "나야말로 너 없이 애를 어떻게 키웠겠어"라는 대답이 돌아온 것이다. 나는 베이비시터나 조부모님의 도움이 조금만 있으면 당신은 나 없이도 충분히 혼자서 아이를 키울 수 있을 것 같다며 남편의 육아에 대한 책임 의식과 적극성을 치켜세웠다. 그러자 조용히 듣던 남편이 한마디 했다.

"근데 혼자 키우면 재미가 없을 것 같아. 당신이랑 같이 키워야 재밌지."

그치. 아무렴 혼자는, 할 수는 있더라도 재미는 없겠지. 그제야 나는 우리가 무얼 하고 있는지 조금은 알 것 같은 기분을 느꼈다. 성숙한 책임감, 핵개인에게 육아의 1인분이란 이런 것이 아닐까. 그런 책임감은 건강한 주체성에서 비롯된다. 주체성이 확장되어 더욱 자주적이고 자유로워지는 일에는 기쁨이 따르지, 효율이나 능률이 오르는 것이 아니다. 함께 하는 기쁨은 언제나 1인분을 넘치는 법이다.

불행하지 않다는 위로

"언니는 사랑이 뭔지 알아?"

루이제 린저의 소설 《삶의 한가운데》에는 이혼한 니나가 열두 살 많은 친언니에게 사랑을 묻는 장면이 있다. 이혼한 동생과 달리 결혼 생활을 유지 중이었던 언니는 사랑이 뭔지 아는 체해 보다가도 이내 사실 자신이 그저 '타협'하며 살고 있음을 깨닫는다. 그리고 사랑이란 '누군가에게 속해 있다는 감정'이라고 해명했다. 사랑이란 뭘까? 특히 기혼자에게 사랑은 뭘까? 나의 결혼 생활은 사랑으로 채워지고 있나? 《삶의 한가운데》 속 또 다른 등장 인물인 슈타인이 오래도록 짝사랑했던 니나와 함께 있을 때 남긴 고백은 내가 느낀 사랑을 대변해주는 것 같기도 했다.

> 사람이 누군가와 함께 있다고 생각될 때 이렇게 쉽게, 사는 것이 의미 있고 아름답다고 믿을 수 있는 것일까? 자기를 구속시키는 데 구원이 있는 것인가? 구속은 몰락으로부터의 안전장치인가?
>
> —루이제 린저, 《삶의 한가운데》, 민음사, 225쪽.

내게 결혼이란 정말 그랬다. 나는 속해 있었고 그것은 어쩌면 자유와 대치되는 말이었으나 동시에 구원이기도 했다. 엄마가 되는 일도 그랬다. 나는 아이에게 매인 존재가 되었지만 내 삶을 역사적인 맥락에서 보게 된 계기가 되었다. 음, 그러니까 결혼 생활 속에서 발견하는 사랑은 그렇게 '타협'처럼 생겼다. 슈타인의 표현을 빌리자면 그건 내가 몰락으로부터 안전장치를 얻었다는 뜻이겠지. 실제로도 나는 어떤 관계에 영원히 구속됨으로 인생의 정수를 찾은 듯했다. 하지만 그 '구속'이라는 말은 어딘가 사랑스러운 어감이 아니었다. 구속이라는 사랑, 결혼이라는 행복은 내게 계속해서 '타협'이라는 단어를 상기시켜주었다. '행복'이란 '타협'을 정녕 닮았다. 슈타인이 꿈에 그리던 니나를 마침내 품에 안았을 때 그는 이렇게 고백한다.

> 나는 내가 바라는 것을 가졌고, 내가 가질 수 없는 것을 원하지 않았다. 그러니 어찌 편안하다고 느끼지 않았겠는가.
>
> —루이제 린저, 《삶의 한가운데》, 227쪽.

행복은 편안한 것, 가질 수 없는 것을 탐하지 않는 것과도 관련이 있어 보인다. 그렇다면 행복은 정녕 타협인 걸까? 누군가의 아내와 엄마가 되며 시작된 물음이었다. 삶의 우선순위를 정했을 뿐이라는 말은 타협이라는 말이 가진 부정적 의미를 완화해주는 듯했지만 여전히 나의 행복은 타협과 유관해 보였고 그것은 내가 잘 살고 있는 것인가 하는 의구심의 씨앗이 됐다. 이 물음은 내게 여전히 유효하다. 다만 타협이 좋다 나쁘다, 혹은 옳다 그르다를 떠나서, 인생의 매 순간을 호전적인 태도로만 살아낼 순 없다고 변명해본다 하더라도, 행복이 타협을 닮았다는 것은 내게 묘한 불안감을 주었다.

'프리랜서 아나운서로 더 도전을 이어가야 하지 않았을까? 20대를 끝장나게 보내기 위해 세계 일주라도 다녀와야 하지 않을까? 나는 왜 20대에 결혼해서 아이를 낳았지?'

아이를 낳으면서 나는 내게 주어진 운명 아래 많은 것들과 타협했고, 구속됨으로 편안해졌으며, 그로 인해 삶의 구체성을 얻었다. 이게 행복이라면 행복이었다. 내게 삶은 더 이상 피상적이고 관념적인 시간의 흐름이 아니라 먹고 싸고 자는 일을 무사히 해내고 내일 더 잘 먹고 잘 싸고 잘 자는 일을 계획하는 일이 되었다. 내가 책임져야 하는 것들에 순응하며 나는 단조로운 계획들을 얻었고 비로소 삶이 무엇인지 알게 된 것만 같았다. 그러나 여전히 나의 행복이 타협이 쓴 탈이라고 생각할 때면 두려워졌다. 내가 느끼는 행복이 흔히 말하는 철이 들었다는 뜻일지도 모른다고 여기면서도 괜스레 슬펐다. 행복의 모양새가 너무 식상하고 뻔한 것이, 괜히 달리다가 털썩 주저앉은 사람의 것 같다고 느껴졌기 때문이다.

《자유로부터의 도피》, 마치 나의 결혼과도 같은 제목의 책에서 에리히 프롬은 인간이 자기 자신의 존재를 인지하는 순간 느끼는 불안과 무력감을 극복할 방법으로 '연대'와 '사랑' 그리고 '자발적 일'을 제안한다. 프롬의 설명은 충분히 설득력이 있어 보였다. 내가 '나'를 마주한 순간, 세상으로부터 자유로워진 순간, 나는 불안해졌으니까. 그 불안은 어딘가 속하고 싶다는 열망이 되어 '취업'을 향한 불꽃이 되기도 했고 '결혼'에 대한 호기심이 되기도 했다. 그중 회사 밖에서 선택한 '결혼'은 공포와 무력감을 벗어던질 방법이었을까? 내가 아는 것 중 가장 큰 연대와 사랑이 '결혼'이었던 걸까? 내가 했던 선택이 연대라고 생각하고 나니 조금 이해가 갈 것도 같았다.

그러나 여전히 주저앉은 기분은 떨칠 수가 없었다. 불행하지 않은 기분을 행복이라고 여기며 살아도 되는 걸까? 주저 앉은 기분이 행복이 될 수 있는 걸까? 내 나이에 나를 키운 엄마의 결혼 생활도 주저앉은 기분이었을까? 이제 와서 물어봤자 아무런 쓸모도 없는 질문들만 생각났다. 엄마의 결혼 생활도 그저 불행하지 않았을 뿐이라면 나를 좀 이해해줄 수 있지 않을까 싶어 전화를 걸어 보고 싶었다. 그러나 불행하지 않은 것이 행복이라는 위로가 내 결혼 생활을 행복하게 만들어줄 것 같지는 않아서 참았다.

2부

가족이 된다는 것의
진짜 의미

민사린이 아닌 민희진

결혼이란 너무나 '언피씨(un-PC)'*한 것이기에… 결혼 후 '피씨(PC)'함을 유지하기란 쉽지 않다. 나만 해도 그랬다. "당신은 꼭, 결혼 후에도 아무것도 포기하지 말고 일을 계속해"라던 남편의 응원은 결혼 전엔 큰 힘이 되었지만, 아이를 둘이나 낳은 시점에서는 반발심만 키울 뿐이었다. 남편이 곁에서 "포기하지 마! 나는 당신이 출산

* 정치적 올바름(political correctness)이 부족하다는 뜻으로, 영어 표현의 머리글자인 PC에 접두사 un을 붙인 형태.

이후에도 아무것도 포기하지 않았으면 좋겠어!'"라고 응원을 보낼 때마다 속이 더부룩했다. 이미 나는 충분히 열심히 (집에서) 일하고 있는 것 같은데 뭔가 더 하라는 것만 같았다. 그리고 나는 이미 많은 것을 포기하며 여기까지 왔는데 이제 와서 뭘 아무것도 포기하지 말라는 건지 의아했다.

'ㅇrㄴl why ㅈiㄱr 돈을 더 많(이) l 벌 생각은 ㅎr 지l 않고 ㄴr한테 일을 하라고 하는 거야?'

줄곧 언피씨하다고 여겨왔던 생각들이 내 안에 꼬리를 물며 커졌다. "돈은 남편이, 집안일은 아내가!" 나는 동의한 적도, 동의할 리도 없는 명제라 믿었는데 갖은 언피씨한 생각들이 머릿속을 스칠 때마다 입을 틀어막아야만 했다. '그래, 일하지 말라는 남편보다는 일해도 된다는 남편이 낫지.' '그래도 일하라고 강요하는 남편은 좀 별로 같은데?' '언제부터 나한테 일이 선택 사항이 됐지?' '나는 더 이상 내 커리어를 사랑하지 않는 건가?' 마음이 혼란스러울 때마다 이러한 혼탁한 생각이 어디서 기인한 것인지를 생각하면 늘, 결혼이 그 시발점이었다. 결혼식을 거행하는 순간까지는 피씨함을 유지할 수 있었으나, 결혼 제도 안에서 새로운 지위와 명칭을 가지게 된 후부터는 쉽지 않았다. 새로운 관계(가부장제) 안에서 호명된다는 것은 나에 대한 새로운 정의가 추가된다는 것이었다. 나에 대한 새로운 설명, 추가적인 부연 설명이 늘어나며 내가 정의하는 나에 대해서도 혼란이 쌓였다. 가족이라는 이름 안에 느슨하지만 분명하게 묶인 다양한 연령층의 평가와 조언들은 나의 가치관을 흔들었다. 내 귀를 이대로 바깥으로만 열어두면 사회적으로 기대되는 통념 안의 며느리, 아내, 엄마라는 틀에 완전히 갇히게 될 것 같았다.

물론 결혼 전에 '며느리'나 '새아가'가 될 나에게 닥칠 새로운 역할에 대한 각오가 전혀 없었던 것은 아니다. 드라마로 만들어지기도 했던 웹툰 〈며느라기〉를 보았던 건 대학교 2학년 때였다. 그때 '며늘아기'라는 단어를 처음 알았다. 며늘아기란, '며늘+아기'의 옛말로 갓 며느리가 된 이가 남편의 가족에게 사랑받기 위해 "뭐든 제가 할게요"라며 자발적인 도우미가 되는 시기를 말한다. 이 시기의 무서운 점은 기한이 없다는 것이다. 이 시기는 짧으면 1년, 길면 평생이 된다고 한다. 〈며느라기〉를 보던 당시의 나에게 결혼은 먼 일이었고 20대 초반에 본 30대로 추정되는 주인공 민사린이 겪는 황당함은 나와는 무관한 세대의 문제라고 생각했다. 또는 사린이 현명하지 못했거나 운이 나빴다고 여기기도 했다. 그렇게 사린과 나는 다를 것이라는 근거 없는 믿음을 철석같이 키웠다. 그러나 이제 내가 서른을 바라보며 결혼이라는 제도 안에 들어오고 보니 사린은 도처에 있다. 기혼자가 된 친구나 또래 언니들 중에도 수도 없이 많다. 사린은 바보가 아니다. 사린은 착한 사람일 뿐이었다. 남편 구영도 그저 착한 아들이 되고 싶었을 뿐이다. 사린의 시어머니도 자식을 열심히 키운 것에 대한 인정을 받고 싶었을 뿐이다.

최근 국내외를 뜨겁게 달군 아트디렉터 민희진 씨의 기자회견 후 친구로부터 연락이 왔다.

"민희진을 보는데 누군가 겹쳐 보이더라. 너 아니냐? 민희진 주니어?"

둘이서 깔깔 한참을 웃었다. 그날 밤 유튜브로 그녀의 기자회견을 정주행했다. 눈을 뜨기 어려울 정도의 플래시를 이겨내고 청중에게 가감 없이 해야 할 말과 하고 싶은 말을 모두 해낸 그녀는 파이터였다. 내가 정말 그녀를 닮았나? 불의가 싫고 부당한 것에 분노하고 억울한 것은 말해야 하고. 물론 나는 그녀만큼 이루거나 가진 것은 없고, 그녀는 미혼이지만 나는 기혼자인 데다 누군가의 며느리다. 그러나 나도 그런 민희진을 닮을 수 있다. 민사린도 아니고 민희진을 닮은 며느리라니. '맞다이'로 들어오라는 그녀의 명언에 전적으로 공감했으니 친구의 눈썰미는 틀리지 않았을지도 모르겠다.

민희진의 기자회견을 머릿속으로 다시 재생하는 것만으로 심신이 안정되는 순간이 있다. 부당하다고 느껴질 때, 억울할 때, 난 제정신인 것 같은데 날 둘러싼 세상이 미쳐 날뛰는 것 같을 때 그렇다. 결혼 생활이 부당하고 억울하게 느껴지는 전국의 MZ 새댁들에게 민희진을 떠올리라고 말하고 싶다. 물론 관계에 있어 나의 권리를 주장하는 것과 이기적인 것은 다르고, 하고 싶은 말을 하는 것과 싸우는 것은 다르지만, 하고 싶은 말이 많은 오늘날의 며느리들은 사린보다 희진을 더 닮았을지 모르겠다.

또래 아이 엄마들끼리 '며느리인 나'에 대해 이야기하던 날이 있다. 〈사랑과 전쟁〉을 찍은 사람, 아무 교류가 없는 사람, 자칭 며늘아기인 사람까지 소위 말하는 MZ 세대 안에서도 다양한 며느리들이 있다. 무엇이 맞는 걸까 고민이 될 때마다 웹툰 〈며느라기〉를 곱씹어본다. 사린에게 며느리와 아내라는 새로운 역할의 비중이 커지면서 딸 민사린은 자연스레 희미해졌던 것. 임신 후에는 사회인 민사린마저 작아졌던 것. 그 과정에서 타자들은 언제나 사린에게 최선을 바랐던 것. 피곤해도 와서 자고 가길, 힘들어도 설거지는 하고 가길, 불편해도 같이 밥은 먹고 가길, 낯설어도 자주 오길 바라는 그 사소한 모든 것들이 일상적이고 평범한 얼굴을 하고 있다. 사린은 여전히 우리 세대 며느리 상의 디폴트다. 사린을 둘러싼 상황이 비도덕적이라고까지 할 수는 없겠지만 사린에게 온정적이지 않았던 것은 분명해 보인다. 상황이 반복되면 사린도 어느 날 희진처럼 맞다이를 신청하는 날이 올까? '바람' 자체가 폭력이 될 수 있는 관계는 참 어려운 법이다.

나는 운 좋게도 내 안에 희진을 잃지 않고 며느리 역할을 다 하고 있다. 할 말, 못 할 말을 구별하기 위해 남몰래 속으로 고군분투하는 중이지만 이 또한 나의 성장 과정이라 생각한다. 못 할 말에 포함되지 않으면서 하고 싶은 말에 속하는 것들은 그냥 한다. 서로의 마음에 안 드는 게 있으면 얼굴 보고 말하는 게 좋다. 하기 싫은 건 안

하니까 억울할 것도 없다. 하고 싶은 것을 하니까 마음이 편하다. 하고 싶은 것만 하다보니 진심이 오가는 것 같기도 하다. 나만의 착각일까? 그런 건 중요하지 않은 것 같다. 모든 관계는 착각 안에서 이어지니까. 관계란 언제든 난기류를 만날 수 있는 것이지만 어쨌거나 나는 언제나 진심이었기에 당당하고 그 때문에 며느리인 나를 받아들이는 데에 거리낌이 없을 수 있었다. 맞다이가 좋고, 부당한 건 싫다. 그리고 무엇보다 좋은 게 좋다. 나는 희진을 품고서 며늘아기 시기를 지나고 있다.

사랑이 배신하면

결혼 생활이란 무엇일까 곰곰이 생각할 때면 늘 나혜석이 떠오른다. 혜석을 처음 알게 된 건 고등학생 때였다. 미술 교과서 속 혜석은 한국 최초의 여성 서양화가였다. 아이를 낳고 나를 위한 선물로 민음사에서 하는 '민음북클럽'에 가입해 원하는 책을 몇 권 고르던 때, 나는 내가 고를 수 있는 도서 후보 중에서 익숙한 화가의 이름을 발견하고 주저 없이 혜석의 책, 《이혼고백장》을 장바구니에 담았다. 민음북클럽의 스페셜 에디션이었던 그 책으로 나는 문인 혜석을 만났다. 작가 나혜석은 1896년생. 1997년생인 나와는 대략 100년, 한 세기 정도 터울을 두고 있다. 그러나 〈모(母)된 감상기〉부터 〈경희〉까지 혜석의 글은 전부 내 마음 같았다. 100년 전 인물에게 동질감을 느끼다니, 인간이란 얼마나 느리게 변화하는 동물인 걸까? 그간 한반도에서는 제도와 기술, 생활에 이르기까지 많은 것이 달라졌건만 엄마가 되는 것과 아내가 되는 일은 어쩜 그렇게 변함없이 외로운 걸까?

혜석의 모든 글은 뾰족하게 반짝이지만 그중에서도 내가 가장 좋아하는 글은 〈이혼고백장〉이다. 혜석은 1934년 자신의 이혼이 무성한 소문을 낳자 잡지 《삼천리》에 직접 이혼 과정과 소감에 대해 밝혔다. 만천하에, '이혼' 자체가 생소한 시대에, 이혼한 여자가 진실을 밝히겠다며 글을 썼다. 그것도 매우 솔직하게. 시대에 휩쓸려 살지 않는다는 것은 이런 것일까? 〈이혼고백장〉을 읽고 나면 뒤늦게 이 글의 작성 연도에 눈이 번쩍 뜨인다. 이 글이 어떻게 1930년대에 쓰인 걸까? 조선의 여성이 어떻게 이런 글을 썼을까? 혜석은 자신이 여성이기 이전에 남편과 동등한 '사람'임을 분명히 알고 있다. 결혼 생각이 크지 않던 혜석에게 남편이 6년에 걸쳐 구혼할 때 혜석은 꽤 애먼 조건을 내건다.

> 일생을 두고 지금과 같이 나를 사랑해주시오.

이 외에도 몇 가지 조건이 더 있었지만 이 첫 번째 조건을 읽고는 가슴이 먹먹해졌다. 혜석의 결혼 생활이 이혼으로 끝난다는 결말을 알고 읽었기 때문일 것이다. 남편은 약속을 지키지 않았다. 남편에게 무조건적인 서류상 이혼을 요구받은 혜석이 썼던 문장이 그 억울함을 대변하는 것만 같다.

> "청구 씨!" 하고 부르는 내 눈에는 눈물이 그득 차집니다. 이것을 세상은 나를 "약자야!" 하고 부를까요?

나는 가끔 내가 남편의 사랑 없이 무엇이 될 수 있는지 생각한다. 사랑이란 얼마나 무력한지. 사랑이라는 것은 기대감과 기대는 일로 이루어져서 사람을 연약하게 한다. 남편이 나를 더 사랑할수록 나는 남편의 사랑 없이 내 삶이 무엇이 될 수 있는지 알 수 없다고 느꼈다. 사실 내 삶에 남자가 이 정도로 중요한 적은 없었다. 그러니까 남편이란 그냥 남자가 아니라 어떤… 동반자이기도 했다. 말 그대로 나랑 같이 기나긴 삶의 길을 걷는 사람. 결혼하면 행복하냐는 말은 정말 이상한 질문이다. 아니, 결혼은 아주 쉽게 지옥을 가져다줄 수 있다. 사랑하지 않는 사람과 함께 사는 삶은 지옥이 된다. 사랑은 쉽게 증오가 되고, 나를 사랑하던 사람이 나를 더 이상 사랑하지 않는다는 것은 사망선고가 된다. 결혼을 선택할 당시 혜석의 마음에 남았던 의문들은 이렇게 적혀 있다.

> '나라는 일개성에 대한 이해가 있을까' 하는 의심이 생긴 것이외다. (…) 전 인류 중 하필 너는 나를 구하고 나는 너를 짝지으려 하는 데는 네가 내게 없어서는 아니 되고 내가 네게 없어서는 아니 될 무엇 하나를 찾아 얻지 못하는 이상 그 결혼 생활은 영구치 못할 것이요, 행복치 못하리라는 것을 나는 일찍이 깨달았던 것이었습니다.

혜석의 선택은 분명 결혼을 위한 결혼이 아닌 사랑, 나만을 사랑하는 남자를 믿어보는 마음에서 비롯되었다. 혜석의 실수라면 전통적인 결혼을 선택한 것이 아니라, 사랑을 덜컥 믿은 것에 있을지도 모르겠다.

> 남성 중심 사회에 대한 그녀의 대범한 도전은 불행의 신호탄이었다. 근대 신여성들의 삶이 그랬듯이 그녀의 화려했던 삶은 한순간에 사라졌다. 조선 최고의 여류화가이자 엘리트 여성 나혜석이 행려병자로 비참하게 죽은 이유가 무엇이었을까. 그녀의 삶의 여정을 거슬러 올라가보면 그 해답을 찾을 수 있다. (…) 똑똑하고 자의식 강한 나혜석이 결혼을 하지 않고 홀로 살았다면 다른 인생을 살았을지 모른다. 하지만 불꽃 같은 예술가적 혼을 가진 그녀의 영혼은 너무나 자유분방했고, 전통적인 결혼 생활은 그녀와 어울리지 않았다.*

* 〈나혜석: 서양화가이자 문학가, 근대 신여성의 효시〉, 정성희, 네이버 지식백과 인물한국사.

나혜석에 대한 설명이 적힌 네이버 지식백과를 보고는 경악을 금치 못했다. 결혼을 해서 인생이 파국에 이른 거라고 적혀 있었기 때문이었다. 음, 사실 혜석만큼 자유분방하지 않고 예술혼을 갖고 있지 않아도, 전통적인 결혼 생활은 누구에게나 파국을 몰고 올 수 있고, 결혼은 그만큼 인생을 파국에 이르게 할 수 있는 위험한 일이다. 나는 혜석이 꾀짜였기 때문에 결혼 생활이 파투 난 거라고 생각하지 않는다. 끝끝내 이혼을 강행하고 빈털터리로 혜석을 내쫓은 남편이 나쁜놈이라고 말하고 싶은 것도 아니다. 혜석의 맞불륜을 옹호하고 싶지도 않다. 그냥 여기, 사랑이 끝났을 뿐이라고 담백하게 설명하고 싶다. 똑똑하고 자의식 강한 나혜석도 결혼 후에 행복하게 살 수 있었다. 남편이 약속대로 일생을 두고 사랑해주었다면 말이다.

많은 이들이 결혼 생활 중에 사랑을 끝낸다. 하지만 사랑만으로 결혼하지 않기 때문에 사랑이 끝나도 결혼 생활을 이어가기도 한다. 그러나 사랑만으로 결혼하면 사랑이 끝나는 순간 모든 것이 끝나기도 한다. 나는 후자가 혜석의 결혼이었다고 생각한다. 그리고 이것은 세기의 비극이 아니라 너무 일상적인 비극이라는 점도 말하고 싶다. 혜석이 아닌 나조차도 결혼이라는 제도 안에서 사랑이 끝나는 순간을 만날 위험에 놓여 있다. 그리고 그런 순간을 떠올리면 두렵다. 사랑이라는 이름 아래 이해되었던 많은 것들이 눈엣가시처럼 문제가 될 때 나는 그 결혼 생활을 유지할 수 있을까? 자존심을 굽히고 사랑받기 위해 온 전력을 다할까? 나도 혜석처럼, 결혼 생활을 유지하기 위해 끝내는 남편에게 매달리게 될까?

〈이혼고백장〉이 당차고 멋진 신여성이라는 포장지 안에 담긴 구질구질한 현실, 찢어지는 마음을 담담히 내어 보일 때, 나는 사랑이 결혼이라는 이름으로 사람을 얼마나 불행하게 할 수 있는지 발견한 기분이었다. 그러나 여전히 '결혼'이 혜석을 불행하게 했다고 믿고 싶지는 않았다. 혜석이 내걸었던 첫 약속만 지켜졌더라도 이만큼 불행해지진 않았을 텐데. '사랑'이 문제인 것 같았다.

나도 혜석처럼 덜컥 사랑을 믿고 있지는 않은가? 나를 보는 남편의 눈빛은 여전히 순한 눈망울을 하고 있지만 10년, 20년이 지나 어느 날 내가 알지 못하는 눈빛으로 나를 바라보며 내게 쌓아놓은 불만을 토해낸다면 나는 무슨 말을 할 수 있을까? 빨아준 빨래들을 세어보라, 차려준 밥상들을 돌이켜보라 매달릴까? "더 이상 사랑하지 않아"라는 말 앞에서 나는 무엇을 할 수 있을까? "오케이, 나 간다" 쿨하게 돌아설 수 있을까? 아무리 생각해도 답은 "노(no)"이다. 나를 사랑했던 이가 더 이상 나를 사랑하지 않는다는 것은 그가 나를 길들인 시간만큼 잔인한 사망선고이다. 혜석의 이혼은 그래서 마음이 아프다.

> 나는 죽을 수밖에 없는 사람이 되고 말았나이다. 죽는 일은 쉽사외다. 한번 결심하면 극락이외다. 그러나 내 사명이 무엇이 있는 것 같사외다. 없는 길을 찾는 것이 내 힘이요, 희망을 만드는 것이 내 힘이었나이다.

〈이혼고백장〉 속에서 혜석이 남긴 삶의 의지와 힘을 엿보니 피가 달궈지는 기분이 들었다. 그래, 죽는 일은 쉽지. 혜석은 없는 길을 만들었지. 네이버 지식백과가 경고하듯, 혜석이 결혼하지 않고 혼자 살았다면 더 행복했을지도 모르겠다. 실제로 본인도 결혼을 하고 싶어 하지 않았으나 남편이 6년간 구애한 까닭에 하게 된 선택이었다. "남자의 약속을 믿지 마세요. 결국 당신을 평생 사랑하겠다는 약속은 지키지 않을 거예요." 결말을 아는 이가 과거로 돌아가 혜석에게 비밀을 귀띔해주면 역사가 바뀔까? 아니, 혜석에게 "'사랑'으로 결혼하지 마세요. 오로지 '생활' 그것 말고는 '결혼'에 아무것도 기대하지 마시고요" 말해주는 게 옳을까? 무엇이 되었든 나는 이 날카로운 글들 없는 혜석은 혜석이 아닐 것 같다. 믿고 싶은 것을 믿는 선택 또한 없는 길을 찾는 혜석의 힘이요, 죽고 싶은 순간에도 희망을 만드는 것이 바로 혜석이니까. 그게 혜석이니까. 나는 결혼이 혜석의 삶을 훼손했다고 믿고 싶지 않다.

배우자라는 타자

오늘날의 결혼이란, 생애 주기의 다음 페이지로 힘껏 넘어가고자 하는, 내 일상을 바꿔보려는 인위적인 노력의 결과물이기에 보통 의지로는 해내기 어려운 일이다. 요즘처럼 결혼이 선택이 된 시대에 결혼을 '하기'까지는 커다란 결단과 노력이 필요하다. 결혼이란, 갖은 상황과 갈등을 조율하고 서로를 부양할 의무를 떠안으면서 혼자서도 잘 살 수 있는 수많은 경우의 수를 뒤로 하고 도박 같은 선택을 감행하는 일이기 때문이다.

그렇다면 이런 의지는 어디서 샘솟는 것인가? 그것은 이 사람과의 결혼이 백번 맞는 선택이라는 광기와 같은 믿음에서 비롯된다. 그 광기는 아마도 나 자신, 혹은 천지를 창조한 분, 또는 운명에서 기인한다. 이 광기 어린 믿음을 우리는 사랑이라고 부르는 것 같기도 하다.

결혼 생활의 시작점이 광기 어린 믿음이라는 것을 받아들이고 나면 너무 많은 것을 '안 채'로 살고자 하는 것은 욕심이라는 걸 깨닫게 된다. 결혼에 대해서도, 배우자에 대해서도, 인생에 대해서도, '나'에 대해서도, '많이 알아야' 한다고 세상은 우리에게 세뇌하지만, 나에게 결혼 생활이란 나는 결국 아무것도 모른다는 진실을 마주하는 것이었다. 우리는 '결코 알 수 없는' 것들에 둘러싸여 살아간다. 이게 무슨 말이냐고? 배우자가 '타자(他者)'라는 것이다.

우리는 살면서 수많은 타자를 마주한다. 그중 배우자는 내 삶의 첫 번째 타자가 된다. 머리가 어느 정도 굵어져서 어른과 어른으로 만나 가족이라는 울타리를 치고 서로를 가둔 관계. 부모 자식 관계처럼 나에게 헌신적이거나 시혜적이지 않은 타인과 '가족'이 되면서 배우자는 나의 인격적 성숙함을 시험하는 제1의 타자가 된다. 특히 나 이 구(舊) 애인, 현(現) 배우자는 '사랑'이라는 광적 믿음을 바탕으로 시작된 관계이기 때문에 매우 특수하다. 롤랑 바르트의 표현을 빌리자면, 사랑에 빠진다는 것은 타자의 침입으로부터 무장해제되는 것이다. 그리고 나 자신이 비로소 '주체'가 되는 계기이기도 하다. '사랑' 안에서 '나'는 결코 타자가 될 수 없기에 타인의 침입을 계기로 사랑의 '주체'로 우뚝 서고 종국에 타자의 침입에 삼켜지는(사랑에 빠지는) 것이다. 사랑에 빠진다는 것은 내가 주체가 되었으나 삼켜졌다는 것이기에 사랑에 빠진 이는 필연적으로 미처 다 알 수 없는 타자와 함께한다. 그것이 결혼 생활의 숙명이고, 가정이라는 안락한 감옥이 내게 귀띔해준 진리이다. 나는 결코 모든 것을 알지 못할 것이다. 나는 영영 그가 남편으로 살아가는 기분을 알 수 없고, 그 또한 영원히 그의 아내로 살아가는 내 입장을 제대로 이해하지 못할 것이다. 부부가 세우는 사랑의 울타리는 '진실'로 이루어진 견고한 세계이기보다 '타인에 대한 사랑'이라는 연약한 상상력에 기댄 가벽이다. 그 때문에 우르르 무너지는 순간도 오겠으나, 그 때문에 우리는 전례 없이 큰 우물에서 사랑을 쉼 없이 길어 올릴 수 있다. 우리는 알 수 없는 것들을 끌어안고서 전부 아는 것보다도 큰 사랑을 나누며 살겠지. 내게 부부란 이처럼 도박 같은 선택으로 벼락같이 큰 세상을 건설하는 특별한 사회적 계약 관계다.

배우자 다음 내 삶의 두 번째 타자는 자식인 것 같다. 내 배에서 나온 인간이었지만 태어난 지 일주일쯤 됐을 때 제대라고 불리는, 자르고 남은 탯줄 조직이 아이 배꼽에서 쏙 떨어졌을 때 그는 완전한 타인이 되었다. 떨어진 탯줄을 기념으로 받아 든 순간, 부지불식간에 아이는 나에게서 완전히 독립했다. 아이는 내게 한때 '나'였으나 '타자'인, 처음 마주해보는 낯선 이였다.

나는 이렇게 낯선 이들과 한 지붕 아래에 산다. 서로 다른 생애 시간표를 공유하며 '가족'이라는 한 배를 탄 나와 남편은 계속해서 비이성적이고 비합리적인 선택들을 할 것이다. 시작부터가 광기였기 때문에 이를 정정할 방법은 없다. 우리는 계속해서 아무것도 알지 못한 채로 더듬더듬 미래를 찾으며 살아갈 것이다. 서로에 대해 미처 다 알지 못하면서 한 집에 살 것이고, 우리가 어디로 가는지도 모르면서 열심히 하루하루를 살 것이다. 그리고 늙을 테고 그저 나이 들어버린 서로를 애틋해하면서 손을 잡을 것이다. 나의 타자, 내 영역을 침범해온 나의 적. 나는 그렇게 사실상 영원히 알 수 없는 타인과 영영 알 수 없는 인생을 살겠지. 다만, 동시에 그게 그저 삶이라는 것을 깨닫고 무지성의 시간을 곁에서 함께해준 당신이 미우나 고우나 내 운명이었다는 것도 알게 되겠지.

남편이 허리디스크 수술을 했다

남편이 허리디스크 수술을 했다. 원래도 의자에 오래 앉아 일을 하기도 하고, 아이들을 키우면서는 13킬로그램이 되는 아이를 매일 안고 씻기고 카시트에 태우다보니 증상이 심해진 것 같았다. 기혼자들은 공감할지도 모르지만, 남편이 아프면 일단 화부터 난다. 아프다는 것은 곧 가정에서 아무것도 할 수 없고, 아이와 마찬가지로 보호 및 간호의 대상이 된다는 뜻이기 때문이다. 아이 둘에 어른 둘인 집과 아이 셋에 어른 하나인 집은 그 무게가 하늘과 땅 차이다. 게다가 아이 키우는 집에서 어른이 '아프다'는 말은 아무런 의미도 기능도 없다. 동거인의 스트레스만 가중시킬 뿐이다. 하루에 수십 번씩 아프다고 말하는 남편 때문에 나까지 머리가 아팠다. 아니 더 정확히는, 내가 아픈 곳이 생겨도 말할 수 없었다. 당시 나는 둘째를 출산한 지 100일도 지나지 않은 상태였다. 결국 나는 특단의 조치를 내려야 했고, 남편을 불러 식탁에 앉혔다. 병원을 가든지, 약을 먹든지 알아서 하고 내 귀에 아프다는 말이 들리지 않게 하라고 남편에게 정중히 요구했다. "아프고 싶어서 아픈 게 아니라고" "아픈 사람한테 너무 한 거 아니야?" 같은 소심한 항변이 이어졌지만 잠시 뒤 남편은 "아프다는 말을 안 하려니 할 말이 없네"라며 묵언수행을 시작했다. 그도 그럴 것이 당시 그가 하는 말의 90퍼센트는 "너무 아프다"였다. 그는 착한 남편이었기에 그동안 자신이 얼마나 아프다는 말을 습관적으로 내뱉었는가를 반성했다. 그러나 이 모든 것은 미봉책일 뿐, 그가 아프다는 것은 변함이 없었다.

아프다는 말을 시작한 지 몇 주 지나지 않아 남편이 다리를 절뚝거리기 시작했다. 심상치 않아 보였다. 큰

병원을 예약하고 정밀검사를 했다. 디스크가 터졌다며 입원해야 한다고 했다. 이 소식을 들은 남편의 어머니는 나 몰래 남편에게 염려 섞인 잔소리를 한 움큼 하셨다고 했다.

"남편은 그저 건강히 돈만 잘 벌어오면 된다."

남편이 어머니의 잔소리를 내게 전했을 때, 나와 남편은 서로를 마주 보고 피식 웃었다. 마음속의 울화통이 잠잠해졌다. '어머니! 제 말이 그 말이에요! 어디 감히 가장이 아프냐 이 말입니다!' 같은 생각이 들지 않을까 싶었는데 도리어 차분해졌다. 남편이 지고 있는 무게, 그런 아들을 지켜보는 엄마, 그런 남편을 데리고 사는 나. 결혼이라는 제도 아래, 우리에게 익숙한 가부장제에서 우리는 고작 티끌만큼 탈피해서 여전히 서로에게 무거운 무게를 지우고 있다. 바다에 던지는 조약돌보다 미미할지라도 남편의 무게를 덜어주고 싶어 의식적으로 어머니랑 반대되는 말을 해주었다. "돈은 내가 벌 테니까 당신은 허리 치료 잘하고 아이 잘 키울 걱정만 해." 아예 빈말은 아니었지만 그래도 어느 정도는 너스레였는데 남편의 눈이 반짝였다. 결혼식 당일 이후 처음 보는 달콤한 눈이었다.

우리는 가만 보면 아이를 키우는 것 같지만 서로를 키우고 있다. 아이들의 키가 클 동안 우리는 늙어간다. 그리고 늙은 만큼 성장한다. 늙는 것도 크는 거라고 아무도 말해주지 않아 그동안은 미처 몰랐는데, 겪어보니 분명 늙었다는 것은 컸다는 뜻이다. 둘이서 아이 기저귀를 갈아줄 때면 서로에게 묻는다. "나중에 나 늙어서 거동이 불편해지면 내 기저귀도 갈아줄 거니?" 아마도 그럴 것 같다. 그만큼 남편을 사랑할 수 있을까에 대한 물음이 아니다. 이건… 인간적인 애정이다. 우리가 나이 들었을 때에는 지금보다 분명 커 있을 테니까.

어린이날과 어버이날이 연휴처럼 이어지던 어느 5월. 나의 아이와 나의 부모님은 잔디밭에서 흔들의자를 탔다. 나와 남편은 뒤에서 그 모습을 구경했다. 선선한 바람이 저녁을 불러오는 시간이었다. 사랑하는 나의 아이. 그리고 그 옆에 또 다른 누군가의 사랑하는 아이와, 또 다른 누군가의 사랑하는 아이. 엄마의 엄마에게서 엄마에게, 엄마에게서 나에게, 그리고 나에게서 나의 아이에게 이어지는 것들. 언제나 나보다 늙은 엄마. 언제나 나보다 큰 이가 있어 배우고 답습한 것들. 미워할 수 없는 불공평

한 것들. 부정할 수 없는 치우친 것들. 그리고 내 옆에 나와 같이 늙어가는 사람. 살랑 부는 바람이 옅게 물든 하늘 속 구름 사이사이를 누비며 노란색과 분홍색으로 세상을 덮어갈 때 문득 남편의 옆모습을 보았다. 내 아들처럼 새하얀 얼굴과 긴 속눈썹, 얇은 머리카락. 지금의 남편이 어쩌면 내 아들의 30대일지도 모르겠다는 생각. 아니 어쩌면 나는 잠시 내 몸을 빌려서 보고 싶었던 아들의 미래를 엿보러 온 사람일지도 모르겠다는 기분. 내 옆의 남자와 내 아들의 닮은 점은 그렇게 내게 이상한 감상을 불러일으켰다. 내 아들의 미래인 것만 같은 내 남편. 잠시나마 내 아들이라고 생각하고 바라보니 마음이 마음껏 애틋해졌다. 보고 싶을 내 아들, 언젠가 다 커서 누군가의 옆에 이렇게 앉아 누군가의 아빠가 되어 있겠지. 남편의 머리를 한번 쓰다듬고서 다시 잔디에서 달리는 아들을 보았다. 너는 이렇게도 어리구나. 나는 너의 60대와 70대를 보지 못할지도 모르겠구나. 삶은 이처럼 보았던 것으로 볼 수 없는 것을 상상해보는 것 외에 다른 방도 없는 불완전한 것이구나. 남편의 지금이, 내가 보지 못할 내 아이의 중년이라고 상상하니 내 아이는 잘 먹고 잘 자기만 해도 예뻐받아 마땅한데 내가 그를 그렇게 사랑해주고 있는지 생각해보게 되었다.

남편의 허리는 평생 관리하며 살아야 할 하나의 짐이 되었다. 무거운 것은 나눠 들고, 아프면 바로 눕게 하고, 아이들 카시트에 앉히는 건 내가 한다. 아이들이 어찌나 무거운지 이러다가는 내 허리도 끊길 지경이다. 내 허리까지 끊어지고 나면 아이들은 이제 자기는 다 컸다고 할 것 같다. 이렇게 우리 늙고 크고 아프고 병들어갈 것이다. 나만 믿으라는 말을 번갈아 하며, 남몰래 내 자식처럼 애틋해하면서, 서로가 늙는 것을 지켜보고 서서히 크는 것을 도우리라. 이게 사랑이냐 묻는다면, 그건 잘 모르겠다. 그냥 인간적인 것이라는 생각이다. 인간적인 애정, 인간적인 의리, 인간적인 마음이다. 이게 부부로 살아가는 일이다.

맞닿은 만큼
커지는 사랑

신혼의 시작과 함께 첫아이를 낳고 우리는 집 안 가득 사랑을 피웠다. 함께 아이를 먹이고, 재우고, 기저귀를 갈고, 계절이 바뀔 때마다 모든 계절이 처음인 아이와 덩달아 세상을 구경하느라 바빴다. 집은 조금씩 너저분해졌고 아이 짐으로 가득 찬 차 안도 그렇게 점점 지저분해졌다. 화장을 하는 날은 현저히 줄고, 아이 옷을 챙기느라 내 옷을 예쁘게 입는 날도 줄었다. 그러나 우리는 아이와 함께 가슴속에 알록달록 무늬를 채우느라 바빴고 마음속이 다채로워 일상의 단조로움은 신경 쓰이지 않았다. 남편이 귀여운 아이를 물고 빨고 나도 우리 아이를 물고 빨며, 우리는 서로가 아닌 대상을 바라보면서도 서로를 바라볼 수 있다는 사실에 놀랐다. 분명 그것은 아이를 향한 애정이었는데 사랑하는 마음의 콩고물이 내게도 떨어졌다. 그 콩고물 덕분에 우리 집에는 부스러져 사방에 흩어진 과자 가루처럼 사랑이 구석구석 가득했다. 사람과 사람이 부대끼고 한집에서 먹고 자며 같은 대상을 사랑하는 것. 그것이 아이 키우는 집이었고 그 과정에서 우리의 살이 닿는 만큼 사랑의 콩고물은 커졌다.

우리가 맞닿은 만큼 사랑이 커진다는 사실은, 결혼 후 새롭게 '가족'이라고 불리게 된 여러 사람들을 만나며 더 확실해졌다. 나는 제사 없는 집에 시집갔지만 나의 시어머니는 제사가 있는 집에 시집을 갔기 때문에 우리는 그런 부모님을 따라 제사 지내는 날에 맞춰 큰집에 갔었다. 남편의 첫째 큰어머니 댁이었다. 한자리에 모여 있는 가족들에게 새 식구로 들어온 나는 신입 단원처럼 머쓱한 미소를 지으며 인사를 했다. 처음 방문한 집이었지만 거실 책꽂이에는 내 책이 꽂혀 있었다. 아마 시아버지가 선물하신 것 같았다. 나는 혼자 사는 70대 여성의 책장에 꽂힌 내 책을 가만 바라보았다. 상상하지 못했던 장면을 마주할 때면 나는 내 삶 밖의 것들을 영영 모를 수밖에 없다는 사실에 겸손해졌다.

제사를 위해 집안의 여자들이 분주했지만 남편은 "애기는 어른들 일에 낄 필요 없다"며 나를 데리고 집 밖의 카페로 갔다. 덕분에 맛있는 커피를 마시고 한적한 시골길을 걷다 돌아가 다 차려진 제사상 앞에서 인사하는 것으로 나의 입소식(?)은 끝이 났다. 제사를 마치고 나는 남편의 첫째 큰어머니, 둘째 큰어머니와 셋째 큰어머니, 첫째 큰어머니의 며느리들과 둘째, 셋째 큰어머니의 며느리들, 그리고 그들의 딸과 아들 사이에 앉아 저녁을 먹었다. 어쩌면 우리는 모두 '결혼'을 통해 맺어진 사이였다. '가족'이 되었다는 이유로 이렇게 아무 이유 없이 따뜻한 밥 한 그릇을 얻어먹을 수 있다니. 식사를 마치고 가족들이 모두 집으로 돌아갔다. 먼 길을 온 우리와 나의 시부모님은 첫째 큰어머니 집에서 자고 가기로 했고, 첫째 큰어머니는 가장 따듯한 방을 우리 부부에게 내어주셨다. 다음 날 아침에는 내 양손 가득히 반찬과 먹을 것을 싸주셨다.

제도와 관습 안에서 이어지는 사랑과 선한 것을 발견할 때마다 나는 그것을 담뿍 믿고 싶어졌다. 일례로 결혼 13년 차를 맞이한 나의 새언니는 이제 '새' 언니가 아니다. 나는 언니의 시댁 식구 중 하나일 뿐인데도 언니는 내게 많은 것을 베풀어준다. 여주에서 인천으로, 남편의 발령지에 맞춰 언니의 집 근처로 이사 온 뒤로 언니는 과일과 커피, 아이들 옷과 베이비 시팅까지 쉼 없이 내게 기댈 곳을 내어주었다. 언니와 나누는 카톡이 쌓일수록 그녀는 내게 새언니가 아닌 친언니와 다를 바 없었다. 나와 언니는 결혼으로 맺어진 사이지만 우리는 우정을 나눈다. 도리라는 이름으로 시작해서 마음으로 넘어온 베푸는 행위에 대해 생각한다. 가족이라는 이름으로 우리가 매일 흩뿌리는 사랑. 집 안이 사람으로 가득 채워질 때만 느낄 수 있는 온기와 고양된 목소리와 흥분 섞인 웃음. 왁자지껄한 집에서만 느낄 수 있는 행복. 결혼이라는 제도를 영영 미워할 수만은 없는 이유일 것이다. 이왕 이렇게 된 거 맘껏 사랑하고 부대끼자고 다짐한다. 사람과 사람이 '가족'으로 만났으니 아무리 베풀어도 어색하지 않아 좋다.

사랑의 콩고물을 마구 칠칠하게 흘리면서 살고 싶다. 자잘자잘 마음들이 스치며 만드는 온기와 사랑이라 불리는 사소한 베풂, 그게 삶을 사람답게 만드는 게 아닐까.

아기 엄마라는 시절

가만 보면 나의 시절은 모두 때에 맞는 인연으로 채워졌다. 인연에 따라 시절이 나뉘었다. 첫사랑과 함께한 시절. 첫 직장과 함께한 시절. 장미보다 예쁜 사랑으로 뜨겁게 연애하던 시절의 연인이었던 남편도 그 시절 나의 인연이었다. 아이와 함께하는 지금도 분명 어떤 시절일 것이다. 각각의 시절에는 그 시절을 완성해주는 등장인물들이 있고, 아이들은 지금 이 시절의 주인공인 모양이다. 30대인 남편과 영유아인 아이들이 나의 지금 시절을 완성해주는 인물들이다. 아이들이 영영 지금처럼 귀엽진 않을 테니까. 아이들은 언젠가 커서 내가 쓸고 닦는 집을 떠나 자신만의 둥지를 틀 테고, 아마도 그때면 지금보다 훌쩍 늙은 남편이 낯선 얼굴을 하고서 새로운 인연처럼 새로운 시절을 써갈 테지.

시절마다 주요인물들이 바뀌고 그들이 각기 다른 모습으로 나의 시절을 채워간다. 이게 인생이라는 물결이 흐르는 방법인가? 영원할 것 같았던 젊음이 주름지고, 영영 함께일 것 같았던 사람이 곁을 떠나 이생에서 저 생으로 가닿을 수 없는 곳으로 사라진다. 어떤 인연을 영영 잃고 나서야 알게 될까, 사실은 삶이 계절보다 짧은 찰나 같았다고. 시절이라는 말을 음미하면 나는 이상하게 늘 계절처럼 시작과 끝이 있는 것을 떠올리게 된다.

구슬처럼 맑은 아이 눈동자에 내가 비칠 때면 아이에게도 내가 시절이라는 것이 느껴진다. 너에게도 나에게도, 우리는 한 시절 만난 인연이구나. 그래서 네 눈 안의 나는 영영 젊고, 내 눈의 너는 영영 아가구나. 네가 크고 내가 늙으면 우리는 또 다른 인연이 될 테야. 엄마와 아이로 만났다는 것은 변함이 없겠지만 난 어느 순간 네게 해

안녕하세요, 고독하며 아름다운 여러분.

한 해 중 가장 예쁘고 완연한 봄의 한복판에
《이 고독은 축복이 될 수 있을까》로
인사드릴 수 있어 기쁩니다.

어떤 계절을 지나고 계신가요?
여름을 기다리며 예열 중이신지,
이미 작열하며 구슬땀을 흘리고 계시는지,
가만히 손선풍기 바람 앞에 앉아 계시는지
궁금합니다. 우리는 언제나 충실했으니
앞으로도 충만할 겁니다.

외로운만큼 그저 어른이 된 것일 뿐이겠지요.

기특한 당신에게 이 책을 빌려
축복한다는 인사를 전합니다.

2025년 봄 수민 드림

줄 수 있는 것이 많지 않아질 테고 너도 내가 필요 없어지는 순간이 오겠지. 너는 나의 한 시절이구나.

건명원* 입학 면접 때 교수님과 이런 얘기를 한 적이 있다.

"수민 씨가 그리는 본인의 40대는 어때요?"

"제가 40대면 제 아이가 다 성인이 됐을 테니까요, 음…"

"아이 말고, 본인 말이에요. 아이는 언젠가 그 의미가 줄어요."

그때는 그 말이 서러웠다. 첫아이를 낳은 지 한 달도 안 됐을 때였으니까. 어떻게 아이 없이 내 인생의 나이 듦을 생각할 수 있지? 아이의 탄생은 내 삶의 기년법(朞年法)을 바꾸어놓았는데, 표준시가 달라졌는데 어떻게 아이와 무관하게 내 인생을 생각하라는 거야. 그리고 언젠가 내 삶에 아이의 의미가 줄어든다고? 난 지금 내 일상의 99퍼센트를 아이에게 쓰는데? 그럼 난 뭐가 되는 거야? 서글픈 물음들이 이어졌다.

* 두양문화재단 오황택 이사장과 다양한 분야의 교수들이 의기투합해 설립한 학교.

그로부터 2년 가까이 지난 지금, 나는 교수님이 하셨던 말의 의미를 안다. 지금 내 눈앞의 예쁘고 예쁜 이 아이는 내 인생의 모든 시절을 채울 수 없다. 아기 엄마라는 역사는 너무 짧은 시절만을 허락한다. 아이가 크고 내가 늙는 것을 막을 길은 없다. 꽃이 한철 피었다 지는 것처럼 우리가 서로의 체취를 맡으며 부대끼는 것도 한 시절이리라. 이처럼 소중한 아이가 나의 시절 인연이라니 조금 서글프다. 영영 내 곁에 있어줬으면 좋겠다.

얼마나 멋진 어른이 될 수 있을까

딸을 키우며 '딸에게 핑크를 입히지 않겠다'는 나의 다짐은 쉽게도 깨졌다. 핑크가 퍼스널컬러인 아기를 낳게 되었기 때문이었다. 뽀얀 피부에 뽀얀 분홍색은 아이의 사랑스러움을 배가되게 했다. 과해 보이는 샤스커트와 각종 공주 룩은 아이의 소담한 얼굴을 돋보이게 하는 것 같았다. '딸'을 '기'원하는 마음으로 지었던 태명 '딸기'처럼 예쁜 얼굴 덕에 딸기가 그려진 아동복이 보이면 자연스레 지갑을 열었다. 그리고 아동복 매장들은 이런 내 마음을 귀신같이 알고는 딸기와 하트 패턴이 가득한 예쁜 옷들을 많이도 팔았다. 그렇게 나는 한동안 딸 옷을 계속 샀다. 그러다 문득 내가 아들을 키울 적에는 이렇게까지 옷에 신경을 쓰거나 아들이 공주가 되든 돌쇠가 되든 큰 관심이 없었다는 것을, 그 시간에 무언가를 더 가르치고 싶어 했다는 것을 깨달았다. 이 차별의 변수는 무엇일까? 첫째와 둘째의 차이일까? 나라는 엄마의 취향 차이일까? 사회적 무의식의 작동일까? 나는 어쩌면 무의식적으로 딸이 아들과 다르다고 여기고 있는 걸까?

딸은 그저 온실 속의 화초처럼 키우고 싶었다. 공주처럼 입히고 공주처럼 살았으면 좋겠다고 생각했다. 내가 원하는 공주는 청정 지역 같은 것이었다. 아등바등 살면서 허세로 치장하는 것은 공주의 영역이 아니었다. 청승을 떨며 먹물임을 자랑하는 것도 공주의 영역이 아니었다. 나는 사회화된 인간이 가지는 여러 종류의 노예근성이 싫었다. 이 모든 구질구질한 것들로부터 내 딸을 지키는 가장 쉬운 방법은 '현실에 대해 아무것도 가르치지 않는 것' 같았다. 이건 내가 가진 일종의 자기혐오와도 맞닿아 있었다. 나는 왜 치열한 입시를 견디고 대학에 갔는가?

고작 만사가 불편한 사람이 되려고? 나는 왜 아나운서가 되었는가? 고작 "검사'♥' 김수민 아나운서"라는 기사 제목을 가지려고?

이상과 현실의 괴리를 느낄 때마다 나는 내가 배웠기 때문에 괴로운 것이라 푸념하기 시작했다. 날 봐. 엄마와 아빠는 그 돈을 들여 나를 키웠지만 나는 고작 남편의 그늘 아래, 가부장제 그늘 아래, 집구석에 박혀 있을 뿐이라고. 우리 엄마는 자아 같은 건 왜, 철학 같은 건 왜 가르쳐서. 예술 하라고, 공부하라고 부추기지 말지. ("엄마는 부추긴 적 없어. 네가 한다고 했잖아"라는 엄마의 억울함이 귓가에 울린다.) 세상에 대한 불만은, 나를 미워하는 마음으로, 엄마를 미워하는 마음으로 커졌다. 그러다가도 문득 궁금해졌다. 우리 엄마는 내 삶에 무엇을 기대하며 뒷바라지를 했을까? 2000년대 초반에 딸 하나를 키우는 엄마의 마음은 어떤 것이었을까?

어릴 적 엄마는 매일 아침 내게 올백 머리를 해주었다. 가지런히 머리를 하나로 묶고 무용하는 아이마냥 머리카락 하나 빠지지 않게 참빗으로 머리를 가지런히 정돈했다. 일가친척들이 우스갯소리로 엄마가 내 머리를 너무 바짝 당겨 묶는 바람에 내 눈꼬리가 치켜 올라간 거라고 말할 정도였다. 예술중학교와 예술고등학교를 다니던 시절, 엄마는 단 한 번도 내게 '공주'가 되라고 한 적이 없다. 그저 당당해지라고, 똑똑해지라고 했다. 어째서 엄마는 내게 편하게 살라고 하지 않고, 배우며 살라고 했던 걸까? 엄마가 못 한 것에 대한 대리 만족을 바란 걸까? 아니면 엄마에게 아들이 없어서?

얼마나 멋진 어른이 될 수 있을까 꿈꾸던 나는 자라면서 여자 아나운서가 되고, 여자 아내가 되고, 여자 엄마가 되며 너무 많은 것을 보고 너무 많은 것을 느끼고 너무 어려운 일들을 자주 마주했다. 세상과 사회는 내가 지나온 치열한 모든 시간을 쉽게 지웠다. "여자 아나운서는 왜 시집을 잘 가나요?" 같은 뻔한 질문은 나라는 사람을 질문만큼 시시한 인간으로 만들고, 너도나도 실력을 갈고닦느라 바쁜 경쟁사회로부터 나를 영영 내쫓는 것 같았다. '결혼'과 '출산' 이후 나를 따라온 질문들(애는 누가 키워? 남편은 육아를 도와줘? 일은 하고 싶어?)은 하나같이 모두 시시해서, 이제는 촌스러운 세계로 꺼져버리라는 추방 선고 같았다. 나는 무엇이 되기 위해 살아온 건지, 엄마는 내가 뭐가 되길 바랐던 건지. 내가 반드시 알아야 하는 것을 모르는 기분은 정말 불쾌했다.

그러던 중 나는 발레를 만났다. 박윤재 군이 로잔 발레콩쿠르에서 한국인 남성 무용수 최초로 우승을 하게 되었다는 기사를 접하며 보게 된 그의 영상이 시작이었다. 와! 가뿐하고 깔끔하고 반짝였다. 힘찬 패기와 젊은 체력, 즐거운 마음과 자신감이 화면 너머로 전해졌다. 그렇게 유튜브가 추천해주는 대로 나는 점점 더 많은 발레 공연 영상을 보기 시작했다. 발레가 이렇게 멋진 춤이구나. 의기소침해져 가라앉은 내 마음에 발레 공연이 잔잔히 물수제비를 띄우는 것을 느꼈다. 예술은 이렇게 쉽게 현실의 구질구질함을 뛰어넘는구나.

이윽고 알고리즘의 바다는 나를 이고 건너 발레리나 박세은의 인터뷰 앞까지 데려다놓았다. 박세은은 자신의 춤이 아이를 낳고 얼마나 더 깊어졌는지 말하고 있었다. 박세은의 인터뷰과 무대를 보며 나는 넋을 잃었다. 발레가… 이런 거였어?

내가 어릴 적 엄마는 나와 발레 공연을 볼 때마다 무용수의 노력을 강조했다.

"저 발레리나가 저 동작을 하기 위해서 얼마나 많은 노력을 했겠니."

공연장 밖에서도 안에서도 엄마는 늘 무용수의 노력을 치하했다. 내가 공연에서 무언가 배우기를 바랐던 것 같다. 그 때문일까? 나는 내가 발레를 보고 있는 건지 인간의 노력의 고단함을 보고 있는 건지 헷갈렸다. 그녀의 발가락이 안녕한지, 실수는 없는지 조마조마하거나 무용수들의 파스 냄새를 상상하느라 바쁘다 보니 발레가 아름답다는 감상은 남길 수가 없었다. 그러나 어른이 된 내가 조그마한 휴대폰 화면에서 만난 발레 공연은 너무… 아름다웠다. 그저 아름다웠다. 아름다움을 이제야 느끼게 되었다는 사실은 내게 내 고통의 기원을 알려주는 것만 같았다.

'늘 노력하고 배워야 한다고 생각해서 괴로웠구나. 엄마가 내게 발레가 얼마나 아름다운지 느껴보라고 한 적이 없는 것처럼, 나는 만사 모든 일을 그 자체로 보는 법을 몰라서 힘들었구나.'

파리국립발레단 수석 무용수의 호칭은 '별'이라는 뜻의 에뚜왈이다. 동양인 발레리나 최초로 에뚜왈이 된 발레리나 박세은의 춤과 인터뷰는 그 자체로 아름다운 사람의 향기를 짙게 풍기고 있었다. 멋진 엄마, 뛰어난 예술가, 자신의 최선인 버전으로 사는 자의 얼굴이 모두 여기에 있구나. 박세은의 발레는 그 자신의 삶과 붙어 있었고, 그녀의 재능과 열정은 그녀를 세속 너머에 있는 예술의 경지에 갖다 두었다. 발레리나 박세은의 이력을 보며 엄마는 어쩌면 내가 박세은처럼 살기를 바랐던 건 아닐까 생각했다. 인형 같은 공주 말고, 자신의 세계를 사는 사람이 되기를. 온실 속의 화초가 되기보다, 내면에 자신만의 정원을 가꿀 수 있는 사람이 되기를. 배우고 똑똑해지라는 말 뒤에는 어쩌면 자신만의 철학을 단단하게 갖고 살아가기를 바라는 마음이 있었던 건 아닐까. 그저 엄마도 어떻게 해야 그렇게 될 수 있는지 미처 몰라서 그저 '노력' 하라고만 했던 건 아닐까? 이제야 나의 딸에게 무슨 말을 건네야 할지, 어떤 사람이 되길 바라며 키워야 할지, 조금은 알 것 같았다.

아이들이 등원한 오전. 아이들의 침구를 가지런히 정리하며 생각했다.

'딸, 나는 네가 아름답게 살았으면 좋겠다.'

그리고 붙박이장 안에 숨은 거울 속에 비친 나를 보았다. 에뚜왈은 아니지만, 예술가도 아니지만, 그저 사는 일밖에 알지 못하는 미생이지만, 이만하면 나도 가상한 노력으로 이것저것 중심을 가지는 일상을 꾸리며 내 세계를 살고 있다고 다독이고 싶었다. 사는 일이라도 아름답게 해 보이리라 생각했다. 녹록지 않은 현실을 존재하지 않는 것처럼 외면해서도 안 되지만, 그것에만 몰두하다가 정작 삶이 지닌 본질적인 아름다움을 놓치고 싶지는 않았다. 중심을 잘 잡고 살아간다면 삶은 우리가 알든 모르든 언제나 빛나고 있는 별처럼 어느새 그 본연의 아름다움을 우리에게 드러내 보일 것이다.

성공은 단면이 아니라 입체

여성은 세상에 본받을 만한 역할모델이 거의 없어, 이를 영화와 화려한 잡지에서 찾는다.

나오미 울프의 《무엇이 아름다움을 강요하는가》 속 한 문장이다. 나 또한 그랬다. 내가 상상할 수 있는 가장 달콤하고 멋진 미래는 늘 영화나 드라마 속 주인공의 모습을 하고 있었다. 영화 〈악마는 프라다를 입는다〉 속 메릴 스트립이 내가 상상할 수 있는 가장 멋진 여성 모델이었다. 미디어 속 여성들처럼 미래의 나도 뾰족한 힐을 신고 테이크아웃 커피와 전화기를 붙든 채 나를 찾아 물밀듯 들어오는 연락들을 쳐내느라 바쁘겠지, 그게 성공이고 그것이 이 치열한 시간들의 목적지겠지, 막연히 생각했다. 그렇게 내게 '성공'이란 화려한 스포트라이트 외에는 별달리 떠올릴 만한 것이 없는 굉장히 선명하고 단순한 것이었다. 별을 따러 위태로운 사다리를 오르는 모습처럼 불가능해 보일 수는 있어도 상상하기에 어려운 것은 아니었다. 목적지가 분명하니까. 그러나 내가 바라왔던 바쁘고 화려한 방송국에 입사한 뒤 나는 성공이 단면이 아닌 입체라는 것을 알았다. 단조로운 성공이 가진 이면의 기괴함은 내게 성공이 무엇인지 다시 물어왔다. 성공한 여성은 무엇이야?

사실 어린 시절 내 마음 한구석에는 남몰래 품은 롤모델이 하나 더 있었다. 그녀는 〈악마는 프라다를 입는다〉의 메릴 스트립이 연기한 미란다와는 많이 다른 모습이었다. 다름 아닌 내 친구의 어머니. 아이 다섯을 낳아 기르고 자신의 일을 이어나갔던 분이다. 아이가 다섯인 워킹맘이라니. 미란다의 코리안 버전처럼 냉철하고 히스테

릭한 엄마를 상상하기 쉬우나 그녀는 그런 사람이 아니었다. 늘 잔잔한 호수 같은 분. 정신없이 흘러가는 하루 중에 어떻게 그녀는 따듯함을 유지할 수 있는지 늘 궁금했다. 어떻게 일도 하고 아이도 키울 수 있는 걸까? 나는 그런 그녀를 남몰래 많이 좋아하고 동경했다. 교회를 가게 되었던 것도, 한약을 즐겨 먹게 된 것도, 모두 친구 어머니의 영향이었으니까. 초등학생 시절 같은 아파트의 같은 라인에 살며 그렇게 나는 그녀의 이웃사촌이라는 이름으로 삶의 한 시절을 가까이 보냈다. 출퇴근 시간이나 주말 일과 같은 것을 자연히 공유하면서 그녀가 삶과 가정을 어떻게 운영하는지 간접적으로나마 볼 수 있었다. 그 기억이 무의식처럼 나의 꿈이 된 걸까?

머리로는 미란다를 꿈꾸면서 가슴으로는 이웃집 친구 엄마가 되기를 꿈꾸다니 이게 무슨 아이러니일까? 나는 지금도 머리로는 어딘가 매체에서 본 듯한 성공을 그리면서도 가슴으로는 영 딴짓을 한다. 미란다가 될 거면 기회가 보장된 방송국 아나운서 일을 계속하며 어떻게든 아득바득 버텨볼 것이지. 아니라면 퇴사까진 그렇다 치더라도 결혼은 하지 말았어야지. 아니, 결혼까지도 양보한다 치더라도 아이는 낳지 말았어야 했다. 나는 그렇게 미란다에서 점점 멀어지고만 있다.

그러나 나는 여전히 마음속 미란다를 놓지 못했다. 미치고 팔짝 뛸 노릇이다. 세월이라곤 찾아볼 수 없는 관리된 몸, 뾰족한 구두, 일에 몰두한 자의 예리함과 사회적 인정까지. 죄다 여전히 바라고 있다. 나는 어쩌면 너무 멍청한 걸까? 아니면 다 가지려는 욕심쟁이? 혹은 다 가질 수 있을 거라 착각하는 순진한 사람? 나의 정체를 아직 알 길이 없어 나는 헤맨다. 그러나 가슴속으론 남몰래 꿈을 꾼다. 어쩌면 나도 누군가의 롤 모델은 될 수 있지 않을까. 열 살이 된 조카를 보며 주제넘은 소망을 가진다.

열심히 커리어와 가정 사이의 줄다리기를 해내고 나면 서연이에게 닮고 싶은 고모 정도는 될 수 있지 않을까? 현실 속 누군가에게, 내가 어릴 적 흠모했던 친구의 어머니처럼, 성공의 열망을 불러일으키는 아름다운 야경 같은 장면은 못 되어도 은은해서 보이지 않는 것이 더 자연스러운 행성은 될 수 있지 않을까? 미디어 속 가상이 아니라 구체적인 삶의 실재로 살아가다 보면 누군가의 삶에 평생 영향을 미치는 향기로 살 수 있지 않을까? 그럼 나는 어릴 때 꿈을 이룬 거라고 말할 수 있으려나?

아이들은
걱정이 없다

나는 언제부터 나를 나로 인식했던가? 제법 고집이 생긴 22개월 아이를 보며 떠올려본다. 가장 오래된 기억들부터 찾아낸다. 작은 티브이, 엄마가 쪄준 감자에 케첩, 뭐라 글로 설명할 수 없는 작은 것들이 냄새부터 촉감까지 토막 난 채 내 머릿속을 가득 채운다. 이 기억 속의 나는 아마 대여섯 살쯤 되어 보인다. 나의 최초의 기억… 그때부터 나는 나였다. 내 기억 속 나는 단 한순간도 내가 아닌 적이 없었다. 내 눈앞에 있는 이 아이도 그럴 것이다.

그는 내 배 밖으로 나온 순간부터 그저 자기 자신이었을 것이다. 그러니, 아들 에세이나 딸 에세이가 어색한 것처럼 엄마 에세이도 어딘가 어색한 구석이 있는 것이다.

아이를 낳은 첫해의 나는 엄마라는 새로운 역할에 완전히 심취해 엄마라는 것이 얼마나 경이롭고 고귀한 희생의 아이콘인지 생각하곤 했다. 그러나 그것은 내가 30년 가까운 세월 동안 남을 위해 그토록 몸을 굴려본 적이 없어서 느낀 색다른 감상이었을 뿐이다. 그냥, 우연히 '엄마'가 되었을 뿐 나는 그대로 나였는데.

점차 아이가 크며 말을 하고 고집을 부리기 시작하자 나는 아이가 미래에 가질 직업 같은 것을 그려보기 시작했다. 육아의 끔찍한 점은 내가 아이라는 새로운 인간을 어떻게 사회화시킬 것인지 고민하면서 나 스스로도 재사회화되어 세상을 새롭게 보게 된다는 것이고, 아이에게 '좋은 것만 주겠다'는 욕심 아래 그 재사회화의 대부분은 자본주의와 능력주의 가치관에 따라 이뤄진다는 사실이다. 새댁인 나는 남편을 따라 경기도 외곽에 이사를 오는 데 아무런 거리낌이 없었지만, 아이가 말을 하기 시작하자 학군지를 따지기 시작했으며 이제 둘이 된 자식들에게 방 하나씩 주길 바라며 넓은 집을 소망하기 시작했다. 그리고 이게 바로 남들이 말하던 '결혼하면 현실이 된다'는 말의 의미임을 알았다. 그리고 그 현실을 체감할 때면 아이들이 나의 낭만을 앗아간 것만 같았다. 집 평수는 어떻든 상관없고 발 누일 곳만 있으면 된다는 마음으로, 이 세상 어디라도 이 사람만 있으면 된다는 마음으로 결혼을 했다. 그러나 웬걸, 아이의 탄생은 나의 거지 근성을 발동시켰다. 아이가 남긴 밥은 아까워 언제나 내 입으로 들어갔고, 시도 때도 없이 부동산 앱에 들어가 갖은 집들의 평수와 위치, 가격을 따져가며 상상의 나래를 펼쳤다. '우리 아이 잘 키우기'라는 키워드가 포함된 유튜브 영상을 틀어보는 것까지는 내 무의식(?)이라 막을 수 없었지만 '서울대 보내기' 같은 유의 책은 죽어도 읽지 않겠다고 매일 밤 혼자 이불 속에 누워 다짐했다. 하지만 자녀를 '좋은 대학'에 보낸 부모의 육아 비법이 궁금하다는 사실은 부정할 수 없어, 금단 현상을 겪는 사람처럼 클릭을 참느라 식은땀을 흘렸다. 그리고 매일 세상이 거지 같다고 생각했다. 제기랄! 고상하게 살기가 이렇게 힘들다니. 그러나 거지 같은 세상에 비해, 아이는 너무 예뻤다. 염려 가득한 나와 달리, 아이들은 염려가 없었다. 아이들은 걱정이 없다는 점, 그게 내가 이기적인 사랑을 하고 있다는 명백한 증거였다.

불현듯 아이의 미래를 위한 모든 상상이 실은 '나'를 위한 방향으로 이뤄지고 있다는 것을 깨달은 날이 있었다. 시작은 아이를 위한 최선의 길을 찾는 여정이었으나 방향키가 내게 있는 한 그것은 나를 위한 것이 될 가능성이 높았다. 아이가 정말 몸이 아파 식이 치료를 해야 하는 경우를 제외하고, 아이가 너무나 영재라서 특별한 학교에 가야 하는 경우도 제외하면, 아이에게 내가 제공하는 정성스러운 끼니와 각종 사교육은 궁극적으로 부모의 만족 또는 편의를 위해 이루어진다. 나만 그런 걸지도 모르지만.

사랑은 이기적이다. 엄마의 사랑마저도 이기적이다. 이기심에서 벗어난 사랑은 단순히 엄마가 되었다고 할 수 있는 것이 아니다. 그건 다른 차원의 것이다. 아이를 키우는 대부분의 부모는 이기적인 사랑을 한다. 왜? 대부분 범인(凡人)이기 때문에. 아이는 우리의 삶을 송두리째 바꾼다. 그러나 우리의 삶의 태도는 쉽게 바뀌지 않는다. 평범하고 속된 마음으로 살면서 나와 아이는 하루아침에 특별하고 사랑스러운 육아를 통해 특별한 삶을 시작할 수 있다는 착각이야말로 자신과 아이를 기만하는 것이다. 엄마라는 역할에 걸맞은 사랑을 하기란 여간 쉽지 않아 보인다. 인간이란 결국 자기 자신 먼저 사랑할 수밖에 없는 이기적인 동물인 걸까? 그러나 시기가 언제가 되었건 (죽을 때까지 아이보다 소중한 자신에 대한 이기심을 놓지 못하는 딱한 부모들도 있기는 하지만…) 인간은 늙기 때문에 이기심이라는 욕심도 자의든 타의든 놓아질 것이라 믿는다. 아이를 낳았다면 아이를 위해 조금 서둘러 내려놓는 것이 좋겠지만, 마음이 마음처럼 되는 건 아니니까. 그런데 아이에 대한 사랑이라고 둔갑한 나의 이기심을 살피다 보니 이런 생각도 든다. 아이를 위해 이기심을 극복해서 무언가 주려는 것마저도 내 욕심이 아닐까 하는. 아이가 내 사랑에서조차 벗어나서 나와 무관하게 살았으면 좋겠다. 탯줄 자르듯 싹둑. 아이가 자신의 삶을 자유롭게 살았으면 좋겠다. 나의 사사로운 이기심과 사랑으로 둔갑한 모든 것들로부터 자유롭게.

육아 과몰입 금지

초저녁, 아이를 재우고 나면 안방 한편에 마련한 내 책상 스탠드에 불을 켜고 글을 쓰거나 책을 읽었다. 하루가 휩쓸려 간 것 같은 기분으로부터 벗어나고 싶었기 때문이었다. 뭐라도 하자는 마음이었을지도 모르겠다. "책상이 없는 자는 배움이 끊긴 자"라는 스타 강사 김미경 선생님의 말씀이 나를 향한 저격처럼 느껴졌던 어느 날, 나는 부리나케 안방 한구석에 책상을 마련했다. 그러고 보니 아이들에게 맞춰 새 가구를 들이느라 나를 위한 것들은 뒷전이었던 참이었다. 그렇게 마련한 책상이 내겐 학교였고 세상이었다. 몸은 집 안에 매여 있더라도 매일 책을 읽으면서는 대학생 때 못지않게 총명해진 기분을 느꼈고 그 자그마한 책상에서 다이어리를 채워나갈 때는 내 삶이 알차게 흘러가고 있는 것만 같아 가슴이 시리게 좋았다. 책상 앞에 앉아 과학 서적에서 철학 서적까지 갖은 책을 읽으면서 나는 1900년대로 갔다가 미래로도 갔다가 하면서 이곳저곳 참으로 자유롭게 여행했다.

첫아이를 낳은 그해 나는 건명원을 다녔다. 직장 생활과 대학 생활을 병행하며 얼렁뚱땅 대학을 졸업해버린 것도 아쉬웠고, 공부는 더 하고 싶은데 로스쿨 공부 말고는 하고 싶은 게 없어 혼란스러운 때였다. 그렇게 2022년의 마지막 달에 나는 첫아이를 낳고 머물던 산후조리원에서 건명원 입학을 위한 자기소개서를 썼다. 이것은 지난 3년간 내가 한 것 중에 출산 다음으로 잘한 일이었다. 건명원에서는 인문·과학·예술 분야의 수업이 두루 진행되었고 덕분에 내가 고르는 책의 스펙트럼이 넓어지는 계기가 되었다. 내가 하는 공부, 내가 사는 세상, 그리고 내 또래 안에서 내가 가진 개성을 알게 된 계기가 되기도 했다. 대한민국에서 가장 좋은 대학에서 가르치시는 교수님들에게 과목마다 최고의 수업을 들었으니 당연한 일일지도 모르겠다. 사실 이 수업들은 '취업'이나 '스펙'의 목적을 가진 것이 아니라 개인의 발견과 성장을 목표로 하고 있어 당장 눈앞의 가시적인 변화는 없어 보일 수 있다. 그러나 육아인에게 이런 막연함은 너무도 익숙한 것이다. 성장은 원래 잘 티가 나지 않으니까 말이다. 비약이긴 하지만, 이 때문에 나는 육아인들에게 건명원에서와 같은 배움과 독서가 꼭 필요하다고 생각한다. 엄마란, 타인의 지난한 성장을 돕느라 자신을 잃기 가장 쉬운 직책이니까. 책만 읽어도 엄마가 자신을 잃을 일은 없다고 믿는다.

아이들은 알아서 잘 큰다. 쑥쑥 자신의 때에 맞춰 성장한 아이는 언젠가 자기 삶의 주인공이 될 것이다. 문제는 늙고 있는 나다. 자신보다 아이를 사랑하는 시간이 길어질수록 자기도 모르는 사이 삶의 의미를 아이에게서 찾게 되는 이를 많이 보았다. 그러나 엄마가 아이를 자신의 인생에서 주인공으로 만드는 순간 불행이 시작된다. 물론 이런 불행은 의도되는 것이 아니다. 이것은 사랑에도 절제가 필요하다는 사실을 간과하는 작은 실수에서 비롯되는 불행이다. 아이가 내 서사의 주연 자리를 위협하는 것과 내가 아이의 주연 자리를 뺏게 되는 것 모두 늘 조심해야 한다. 아이의 성장을 너무 관망해서도, 너무 관여해서도 안 된다. 어렵다고 느껴질 때면 과몰입만 피해도 성공이라고 다독여본다. 그리고 책을 읽는다. '7세 고시' 등으로 어지러운 대한민국의 사교육이 시사하는 것 중 하나는 '엄마'가 자기 서사의 주연 역할에 충실하지 않다는 반증이라는 생각도 든다. '엄마' 개인의 성장이 멈추어서 아이의 성취에 더욱 집착하게 되는 것은 아닐까? 엄마 개인의 측면에서도, 가정의 행복을 위해서도, 그리고 무엇보다 아이의 개별성을 존중하는 데도 엄마가 엄마 자신의 삶을 계속 사는 것은 중요하다.

트레바리에서 내게 클럽장을 제안했을 때 '여자로 살아가기'라는 제목으로 모임을 하고 싶다고 했던 것도 그 때문이었다. 나와 클럽 오픈을 준비해주시던 마케터님도, "수민 님 책으로 시작하지 않아도 괜찮을까요?" 물었다. 사실 나의 첫 책은 '퇴사'라는 강렬한 에피소드로 채워져 청년들의 진로 탐색, 자기 계발에 대한 모임이 더 자연스러울 수도 있었다. 내 책을 앞세워 내 얘기를 더 많이 하는 것이 어쩌면 보통의 사람들이 우리 모임에 기대하는 것이었을지도 모르겠다. 그러나 나에겐 이상한 고집이 있었다. 책 읽는 엄마들이 많아졌으면 좋겠다는 바람. 내가 그들을 돕고 싶다는 욕심. 그렇게 나는 '여자로 살아가기'라는 주제로 네 권의 책을 골랐다. 루이제 린저, 박완서, 롤랑 바르트, 나혜석의 책이었다. 1년간 나를 찾아온 멤버들과 함께 클라우디아 골딘을 읽고, 나오미 울프를 읽었다. 여자로 산다는 것이 가진 필연 같은 것들, 사회적이고 개인적인 것들을 문학과 비문학을 넘나들며 살펴보았다. 결혼을 선택하는 과정 속의 의식과 무의식, '시(媤)-'로 시작하는 새로운 가족을 얻게 되는 것, 아이를 낳게 되는 것, 나를 사랑하는 것, 나 외에 타인을 사랑해주는 법 등. 자연스럽게 많은 주제들이 이어졌다. 대학생이었던 멤버 L이 내게 해준 말이 기억에 남는다.

"학교에서 배워야 하는 건데 여기서 배우는 것 같아요."

'엄마' 이후에도 '여성', 나아가 '어른'으로서 여전히 나로 살아가기 위한 교육과 배움은 반드시 필요하다. '엄마'가 된 이후에도 나에게 관심을 기울이는 것은 응당

당연한 일이다. 쉽지 않을 뿐이지. 아이는 처음 만났던 그 때처럼 내 삶의 새로운 등장인물이지 내 인생의 주인공이 아니니까. 육아 과몰입 금지. 원래 살던 대로 내 인생 살기. 나를 둘러싼 모든 것은 달라졌지만 책 앞의 나는 여전히 나다.

엄마의 비밀

우리 엄마는 요상한 면이 있었다. 나의 익명 팬을 자처한다는 것이었다. 내가 아나운서가 되었을 때도 주변에 말하는 것을 좋아하지 않았다. 나에게 누가 될까봐 무섭다고 했다. 하루는 엄마가 내 책을 사 들고 와 지인들에게 주려고 하니 사인을 해달라고 했다. “A는 저번에 손주 주라고 블록을 사준 사람이야. B는 누구고…” 엄마에게 내 책 선물이 누구에게 가는지 듣고 난 뒤 책 속지에 적을 내용을 고민할 때였다.

"저번 선물 감사합니다, 이렇게 적을까?" 말하자 엄마가 손사래를 쳤다.

"아니야, 아무도 몰라, 네가 내 딸인 거. 내가 아무한테도 말 안 했어."

"근데 왜 뜬금없이 김수민 아나운서 책을 선물하는데?"

"그냥~ 내가 우연히 저자를 만나가지고 사인받아다 주는 거라고 하려고."

"엄마가 우연히 날 왜 만나?"

"그냥, 그럴 수도 있잖아."

말도 안 되는 비밀을 안고 엄마는 그렇게 열심히 서점에서 내 책을 샀다. "엄마, 내가 출판사에 연락해서 인세로 사줄 수 있어. 저자는 조금 싸게 살 수도 있다니까? 내 책을 왜 자꾸 사" 하며 타박해도 엄마는 꿋꿋하게 내가 엄마의 딸인 것을 혼자만의 비밀로 간직하며 서점에서 내 책을 샀다.

엄마의 박사과정이 끝나갈 무렵 나는 엄마에게 넌지시 왜 주변에 내가 엄마의 딸인 걸 말하지 않는지 물었다. 엄마는 별일 아니라는 듯이 갑자기 7년 전 얘기를 했다.

"그냥… 그때 네가 막 SBS 아나운서가 되었을 때, 우리 딸 이번에 아나운서 시험 합격했다고 했더니 옆에 있던 C가 'SBS에 ○○○ 아나운서 엄마는 직업이 교수라던데?' 하면서 나를 보더라고."

나에게 누가 될까봐 그렇다는 말이 어딘가 설득력이 부족해 보였던 이유를 알 것만 같았다. 처음 듣는 이야기에 놀라 나는 허둥지둥 C를 욕했다. "C는 뭐야? 엄마랑 별로 친하지도 않으면서. 부모 직업이 자식 사회생활이랑 무슨 상관이라고? 웃기는 사람이야. 엄마가 부러웠나봐." 엄마도 아무렇지 않은 듯 "그래, 부러웠나 보지" 대꾸했다. 그러나 그로부터 7년이 지나 엄마는 50대 중반에 박사 공부를 하고 있다. 7년이 지나도 그 말을 잊지 않고 있고.

엄마를 볼 때면 나는 아직 자식을 둔 부모의 마음을 티끌도 모르는 것 같다는 생각이 든다. 자식이 부모를 초라하게 만드는 걸까, 아니면 부모가 자식을 초라하게 만드는 걸까? 왜 어떤 사이는 서로를 사랑하는 만큼 초라하게 만드는 걸까? 말 한마디의 비수가 마음 깊은 이불 속 잠든 것을 확 들춰내버릴 때 엄마의 마음은 어땠을까?

사랑만큼 큰 낙차로 가슴이 쿵 떨어지는 기분일까? 아니면 세게 부딪힌 것처럼 짙은 멍 자국이 나는 걸까?

나는 많은 사람들이 착각 안에 산다고 믿는다. 나는 아무도 질투하지 않는다고 믿고, 나는 남들이 좇는 것들을 바라지 않는다고 믿고. 그러나 욕심이 착각의 창을 뚫고 나올 때면 이내 뾰족한 것들이 가슴 밭과 입술 안에 가득해지는 것이다. 내가 옳다고 착각하고, 내가 잘났다고 착각하고, '좋아요' 수가 내 인기와 성취를 증명한다고 착각하고, '돈'이 내 성취를 증명한다고 착각하고. 내가 더 잘났다고 착각하는 이는 때때로 자신을 마땅히 부러워해야 할 이가 자신을 부러워하지 않는 것에게 분개하고, 자신의 눈을 가린 채 남의 성공을 깎아내린다. 물론 다른 종류의 착각도 있다. 내가 못났다고 착각하고, 모두가 나를 좋아하지 않을 것이라고 착각하고, 누구도 진짜를 알아보지 못한다고 착각하고. 이 두 종류의 착각 모두 사람들을 바보로 아는 이들이 하는 것들이다. 하지만 사람들은 바보가 아니다. 그리고 바보가 아닌 다수는 대부분 침묵한 채 자신의 삶을 심지 있게 살아간다. 나는 침묵을 믿고, 그것을 음악 삼아 살고 싶다.

> 삶이 아닌 것은 살고 싶지 않았다. 삶은 너무나 소중한 것이기 때문이다.
>
> —헨리 데이비드 소로, 《월든 · 시민 불복종》, 현대지성, 121쪽.

《월든》 속 소로가 숲으로 들어가며 했던 말이다. 삶을 소중히 여길수록 절제해야 한다는 생각이 든다. 현란하고 달콤한 것들 없이도 살 수 있는 이야말로 삶의 정수를 맛볼 수 있는 사람일 테다. 그런 사람이야말로 남을 시기하거나 질투하지 않고 미워하거나 분개하지 않고 삶을 살아갈 수 있겠지.

엄마는 유독 잠들기 싫어하는 손주를 재울 때면 함께 기도하자고 했다. 어떻게든 눈을 감고 누워 있어보자는 의도였겠지만 그것은 아이의 자장가가 되었다. 아이는 요즘 자기 전에 누워 옆에 있는 이에게 기도해달라고 한다. 아이는 15분짜리 기도문을 원하므로 창작의 고통에서 벗어나기 위해 하루 일과를 되짚어보는 것으로 갈음하기도 하지만, 낮 시간 아들의 하원을 기다릴 때면 괜히 기도문을 준비하게 된다. 하나님, 우리 정안이가 삶을 사랑하고 긍정할 수 있게 해주세요. 하나님, 우리 정안이가 타인을 사랑하고 공감할 수 있는 아이로 자랄 수 있도록 도와주세요.

"할머니, 기도해주세요."

이날도 아이는 잠자리에 들기 전 할머니 손을 붙잡고 베개를 앙 물어 보이며 기도문을 요청했다.

"사랑하는 하나님 아버지…"

그러나 엄마가 기도를 시작하자 아이가 눈을 퍼뜩 떴다고 한다. 그러고는 잘못되었다는 듯이 외쳤단다.

"내가 사랑하는 건 하나님이 아닌데? 할무니인데?"

순수함에 피식 웃어본다. 나는 이것이 우리가 본래 살아야 하는 삶이라고 생각한다. 소중한 것을 소중히 살기 위해 필요한 것들을 세어본다. 삶이 아닌 것은 살고 싶지 않다.

가족을 가족으로 만들어주는 것은

금요일 저녁, 판교의 한 식당에서 S 판사님을 만났다. S 판사님은 성본과 부성우선주의에 대한 박사 논문을 준비 중이셨고 우리는 그 인터뷰에 응하는 자리였다. 우리라 함은 나와 내 남편이었다.

판사님: 남편 분은 어떻게 그런 생각을 하시게 된 거예요? 아이에게 내 성(姓) 말고 아내 성을 줄 거다 하는.

남편이 머쓱해하며 어디서부터 말해야 하나 고개를 살짝 갸웃거렸다.

남편: 합리적인 이유가 있는 차별은 차별이 아니잖아요. 그렇다면 그 합리적인 이유가 어떻게 설명이 되는지가 굉장히 중요하다고 생각했어요. 차별 대우가 있다면 거기에 합리적인 이유가 있는지 생각을 해봐야 한다는 거죠. 그렇다면 이에 대입해서 생각해볼 문제는 굉장히 많다고 생각해요. 그리고 여러 사회 현상들을 대입해보면 저희가 너무 당연하게 생각해오던 차별들이 막상 거기에 합리적인 이유가 있는가 물었을 때 그렇지 않은 경우가 되게 많더라고요.

그렇게 어쩌다가 한번, 자녀가 왜 남자들의 성을 따르는지에 대해 생각을 해본 거거든요. 거기에 합리적인 이유가 있는지요. 근데 제가 생각하기에는, 제 머리로는 합리적인 이유가 없다고 생각을 했어요. 물론 부성을 따르게 함으로써 얻는 사회적 이익도 있다고 생각을 해요. 어떤 일률적인 질서라든지 아니면 같은 성을 따르는 사람들끼리 유대감이나 소속감이 생길 수도 있고요. 근데 사실 그런 이득들은 모성을 일률적으로 따르게 했을 때도 똑같은 효과가 나온다고 생각을 하거든요.

판사님: 엄마는 어떤 느낌이 드세요? 아이가 내 성을 물려받았다는 게 좀 특별하게 느껴지시나요?

나: 아이 낳고 나서 이 아이가 나의 아이라는 걸 와닿게 느낀 순간은 있었어요. 첫아이가 태어나자마자 대학병원을 가야 했거든요. 근데 출생신고 전이니까 이 아이의 오피셜네임이 '김수민 아기'로 계속 통용이 되는 거예요. 너무 갓난아기를 병원에 데리고 다니니까요. 그때 처음 이 아이는 병원에서만큼은 '남편 이름 아기'가 될 수 없구나 싶더라고요. 왜냐하면 의학적으로 제 몸에서 나왔잖아요. 이 시점만큼은 이 아이와 내가 이 세상에서 가장 밀접한 사이구나, 생물학적으로 그런 걸 느꼈어요. 오히려 이건 혼인신고할 때는 전혀 몰랐던 감정이었거든요. 그때 최재천 교수님이 〈유 퀴즈 온 더 블럭〉에 나와서 하신 얘기가 이해가 되더라고요. 다른 동물들은 모계 중심이라고요. 부성우선주의는 사회적인 산물이구나 하는 생각을 그

때 했어요. 그러니까 남들은 부성을 쓰는 게 자연스럽다고 얘기하지만, 오래된 관습과 생물학적 자연스러움은 구별해서 생각해야 하는 것 같아요. 산후에 출생신고서 같은 것도 병원에서 떼주는데 병원에서 준 신고서에는 아빠 이름이 없잖아요. 저는 제왕절개를 했는데 의사 이름 외에 산모와 아이가 사망자, 생존자 이런 식으로 표현이 되더라고요. 저는 그거 보고도 되게 놀랐거든요.

판사님: 출생신고할 때 모성을 쓰기로 했다는 선택이 행정적으로 잘 인계가 됐나요? 혹시 출생신고 때 혼선 같은 게 있진 않았나요?"

남편: 저희는 출생신고를 온라인으로 했어요. 그래서 아무 문제가 없었어요. 이미 자동으로 다 되어 있더라고요.

판사님: 엄마 성으로요?

나: 네, 너무 신기하죠. 전산으로 이미 되어 있더라

고요.

판사님: 부모님들도 처음엔 반대하셨을 것 같아요. 남편의 어머님도 반대하신 거죠? 본인도 아드님과 성씨가 다르시지만요. 어떠셨나요? 여성으로서 이 선택을 존중해주시거나 연대해주시길 바라는 마음은 혹시 안 드셨나요?

나: 반대하시는 마음도 이해가 갔어요. 가정 내에서 긴 세월 헌신한 여성도 가부장제 안에서 명예 남성화된다고 생각하거든요. 어머니가 알던 세계, 살던 방식이 아니니까 당연히 처음엔 싫으셨을 것 같아요. 그 세대의 사고를 제가 전부 이해할 수는 없겠지만요. 저희의 경우는 오히려 아이가 빨리 생기면서 이해와 수용의 단계로 진입할 수 있었어요. 손주를 사랑해주시는 것을 보면서 제도나 관습보다 혈육과 천륜 같은 게 앞서서 존재하는구나 느꼈어요.

판사님: 아, 사실 이 성이 별거 아니고 이 아이라는

실체가 더 중요하다는 걸 체감하는 거겠네요."

남편: 맞아요. 오히려 아이가 없으면 그런 문제로 논쟁할 때 더 소모적으로 하게 되는 것 같기도 해요.

판사님: 그러게요. 출생신고 때 하면 훨씬 갈등의 소지가 줄어들 것 같은데."

나: 저도 완전 그렇게 생각해요. 너무 일러요. 요즘 혼인신고 후 바로 낳지도 않는데요."

판사님이 고개를 끄덕이며 질문을 이어갔다.

판사님: 그러면 부성우선주의에 대해서 어떻게 생각하세요? 합리적 이유가 없는 차별이라고 생각하시는 건가요?

남편: 패밀리 네임이라고 부르는 성씨가 있어야 된다는 것, 그 규율을 벗어날 생각은 없어요. 그러니까 저

희가 엄마는 김씨고 아빠는 정씨인데 아이에게 무슨 박씨를 주겠다든지, 제임스를 준다든지 이런 걸 생각하는 게 아니고요, 저는 이런 차원의 자유를 원하는 게 아니라 성씨 제도가 가지고 있는 사회적 이점을 살리는 차원에서 자녀의 성은 부모의 성씨 중 하나면 되지 않냐, 그 둘 중에 어떤 걸 선택하든 문제없지 않냐는 생각이거든요. 그리고 선택의 절차나 선택에 따른 결과에 차별이 있으면 안 되는 문제라고 생각해요. 왜냐하면 하나만 택해야 할 이유가 없기 때문이죠.

나: 가부장제가 오늘날 기여하고 있는 견고한 생각 중 하나가 '정상 가족 이데올로기'잖아요. 저도 제 책을 준비하면서 글을 쓰는데, 제가 아이 둘을 낳고 또 공교롭게도 딸 하나 아들 하나 키우고 있는 이 상황에서 제 삶에 대해 좋다 나쁘다 하는 식으로 글을 쓴다는 것 자체가 내가 지금 정상 가족에 대한 이미지를 더 견고하게 만들고 있는 건 아닐까 하는 생각이 들더라고요. 그런 건 지양해야겠다는 생각을 많이 하거든요. 아이 성씨 이슈가 가진 문제 중 하나도, 일반적이지 않은 선택은 아이에게 '차별'

을 야기할 수 있다는 건데, "넌 왜 아버지 성이 아니야?"라는 질문 자체가 "넌 왜 정상 가족의 범위에 들지 않아?"라는 질문과 같은 것 같아서 이상하다고 생각해요. 정상 가족이라는 기준이 좀 흐려져야 하지 않나 이런 생각을 많이 해요. 삶은 다양해지고 있으니까요.

판사님: 오늘날 이름 말고 성씨가 개인들에게 가지는 의미나 기능이 있다고 생각하시나요?

나: 일본사학과 교수님과 성본에 대해 이야기했던 적이 있어요. 그때 해주셨던 얘기가 인상 깊었어요. 옛날에 성본이 중요했던 까닭은 가문 자체가 사회 안의 권세와 권력과 직접적인 영향이 있었기 때문이라고 하시더라고요. 또 특히나 남성만 사회생활을 했으니 당시에는 남아선호사상도 강했고, 그래서 똑똑한 아이를 좋은 집안에 양자로 들이기도 했고요. 그런데 오늘날은 성본이 그런 의미를 갖지 않다보니 그 의미와 기능이 많이 달라진 것 같아요. 지금은 남성과 여성이 모두 사회 활동을 하는 것이 더 일반적인 세상이고, 특정 성씨를 따른다고 어떤 가

문의 힘에 편승하게 되는 것도 아니니까요.

판사님: 그럼 성을 결정하는 방식에 대해서 국가가 어떤 원칙을 정해서 강제하는 게 타당하다고 생각하세요? 아니면 개인들의 자율적인 선택에 맡겨도 무방하다고 생각하시나요?

남편: 저는 그냥 부모의 성씨 중에서만 고르면 된다고 봐요.

판사님: 그럼 성과 본이 고정불변의 정체성이라고 생각하세요? 아니면 바꿀 수 있다고 생각하세요?

나: 저는 성인이 된 자녀에게도 선택권이 있어야 한다고 생각해요. 본인이 지향하는 바나 정체성을 상징하는 것이 이름이라면 그런 건 본인이 결정할 수 있어야 하지 않을까 싶어요.

판사님: 그럼 우리가 사는 사회에서 가족을 구성

하는 핵심 요소가 뭐라고 생각하세요? 가족을 가족으로 만들어주는 것이요.

나: 함께 산다는 것 외에 우리가 가족이라는 걸 인지할 수 있는 방법은 특별히 없는 것 같아요. 왜냐하면 '함께 산다' '함께 많은 시간을 보낸다'는 것이 서로에게 영향을 가장 많이 주는 일인 것 같거든요. 결혼 후 제가 시댁에 아이를 맡기는 일이 잦다보니 거의 한 달에 두 번은 꼬박꼬박 시부모님을 뵈었는데 그러다보니 어느 순간 이런 생각이 들더라고요. 내가 시어머니를 닮아갈 수도 있겠다. 자주 보니까요. 그러면서 닮을 테고요. 그렇게 가족이 되는 거 아닐까요.

3부

여전히 무모하게,
자유로워지고 싶어서

자유 없이
존재하기

내 첫 책의 주제는 자유였고 에피소드는 퇴사였다. 지금 쓰고 있는 글의 육아라는 소재와는 꽤나 무관해 보이는 이야기들이다. 나 또한 나의 과거와 현재가 연관성을 잃은 채로 아이를 키우고 있는 내가 어딘가 가상 세계의 외톨이 같기 때문에 '나'와 '자유'에 대해 더 이상 고민하지 않아도 된다고 생각하기도 했다. 나는 이제 과거의 나와 무관한 누군가일 뿐이니까. 그러나 나를 투명 인간 취급하거나 새로운 세계의 존재로 가정해도, 내가 사람인 한 내게 자유는 중요한 가치였다. 아이를 키우면서 도 자유롭게 살 수 있을까? 아이를 키우며 가장 먼저 자유를 되찾을 방법은 아이를 '어린이집'에 보내는 것이었다. 시간적·물리적 자유!!! 하지만 아이를 어린이집에 보낸 뒤로도 나는 어딘가 계속 매여 있었다. 정신적 자유. 내게 없는 것은 그것이었다. 자유가 없다니. 이토록 내 정신을 매어버리는 일들이 많다니. 쉽게 놓지 못하는 수많은 상념들을 질질 끌며 살다보면 나는 꼭 밭매는 소가 된 기분이었다. 나는 분명 자유로워지고 싶었는데, 퇴사만 하면 가능할 것만 같았는데. 사는 일이 어떻게 자유와 병존할 수 있는 건지 도무지 알 수 없는 이 시기에 나는 니체를 읽었다.

니체는 자신의 생각을 친절하게 설명하는 작가가 아니다. 전통 철학의 관점에서는 철학자가 아닐지도 모르고, 《차라투스트라는 이렇게 말했다》는 당대 유행하던 서사시 형식으로 쓰여 상징과 은유가 많다. 같은 단어도 문맥에 따라 다른 의미의 상징이 되기 때문에 모쪼록 니체는 가슴과 직관으로 읽어야 하는 사상가다. 스스로가 모두를 위해 썼지만 그 누구를 위한 글도 아니라고 했으니

말 다 했다. 그렇게 난해한 면이 많은 책, 《차라투스트라는 이렇게 말했다》에서 니체는 인간의 정신을 낙타와 사자, 어린아이라는 세 단계로 비유한다. 정신의 발달단계를 살펴보면 우리는 낙타에서 시작해서 사자가 되고, 사자가 어린아이가 된다는 것이다. 그리고 니체는 가장 높은 경지인 어린아이와 같은 상태를 '초인'이라고 했다. 초인은 독일어로 위버맨쉬(Übermensch, 지드래곤의 세 번째 정규 앨범 제목이라고 생각하면 그렇게 낯선 단어도 아니다). 초인은 쉽게 말해 자기 극복을 통해 더 높은 인간이 된 자를 뜻한다. 그렇다면 초인으로 가기 위해 거쳐야 할 낙타와 사자의 단계, 그리고 아이라는 궁극의 경지까지 공통분모가 전혀 없어 보이는 이것들은 각기 어떤 상태를 상징하는 것일까?

가장 먼저 낙타는 무거운 짐을 싣고 사막을 건너는 동물이다. 무거운 것을 이고 지고 자신만의 고독한 사막을 건너는 낙타는 흔한 일상 속의 우리처럼 '해야 하는 일'로 가득 찬 존재다. 이런 낙타의 표어는 "해야 한다(You should)"이다. 낙타를 벗어나면 우리의 정신은 다음 단계인 사자가 된다. 사자처럼 포효하며 사막 같은 삶의 주인이 되겠다고 하는 단계, 이때 사자의 정신은 "하고 싶다(I will)"로 표현된다. 드디어 주어가 '나'가 되어 그간의 의무들은 전부 자신이 의지로 하는 일이 되는 것이다. 사자의 경지에 올라 자신의 의지로 삶을 꾸리겠다고 다짐하는 것까지도 보통 쉬운 일은 아닐 것이다. 그리고 여기까지가 내가 알던 '자유'였다. 주체성을 가지고 삶을 대하는 것. 그러나 사자는 문장을 완성하기 위해 필연적으로 새로운 동사와 목적어를 찾아야 한다. I will 'do' 'what'. '무엇을' '해야' 자유로워질 수 있을까? 그게 당시 책을 읽던 내가 가진 의문이었다.

이때 니체는 이런 사자 단계를 극복하기 위해 초인이 될 것을 제안한다. 인간이 비로소 "한다(I am)"라는 자기 자신이 되는 순간. 그때는 다름 아닌 어린아이의 상태와 같다.

> 어린아이는 순진무구요, 망각이며, 새로운 시작, 놀이, 스스로의 힘에 의해 돌아가는 바퀴이며, 최초의 운동이자, 거룩한 긍정이다.

–프리드리히 니체, 《차라투스트라는 이렇게 말했다》, 육문사, 53쪽.

니체는 힘이 축적된 자의 이상은 어린아이의 놀이 같은 것이라고 했다. 주어진 책임을 묵묵히 완수하는 낙타의 단계를 거쳐서, 기존의 질서를 부정하는 사자의 단계를 뛰어넘으면, 세상과 자신을 있는 그대로 받아들이는 어린아이의 단계로 진입할 수 있다는 것이다.

두 돌이 갓 지난 첫째와 아직 돌도 지나지 않은 아이를 키우는 내게 아이에 대한 니체의 묘사는 그 어느 때보다 생생히 가슴에 꽂혔다. 저 아이들의 얼굴이 내가 궁극적으로 도달할 정신의 상태라고? 모든 것이 놀이가 되는 노동 없는 저 순수함과 바지런히 일어나는 자발성. 엉엉 울다가도 방긋 웃는 것. 넘어지고 또 넘어져도 걷고자 하는 의지를 꺾지 않는 것. 그리고 마침내 걷는 것. 내가 배워야 하는 모든 것이 아이에게 있다고? 아이는 내 곁에서 해맑게도 웃었다. 자비 없이 창으로 들이치는 아침 햇살은 내 목에 들어선 칼 같았다.

낙타, 사자, 아이의 단계를 상징하는 어떤 구체적인 내용의 삶이 별도로 존재하는 것은 아니다. 중요한 것은 태도다. 아이를 키우면서도 아이처럼 살 수 있다. 목적어가 필요 없는 이에게 현재는 언제나 완전한 삶이다. 부신 눈을 감고 옷에 배어 있는 분유 냄새를 음미하며 아이들을 키우는 내 삶을 생각했다. 그리고 다짐했다. 사막을 벗어나자. 목적어를 떨쳐내자. 나의 세계를 획득해보자. 나의 의지대로 스스로 굴러가보자. 나, 그저 아이라는 순수한 광기를 가져보자. 눈시울이 뜨끈하게 마음속 살얼음을 녹였다. 삶이라는 놀이가 나를 얼마나 기쁘게 할 수 있는지, 이 생의 축복이 무엇인지 알아보고 싶었다. 자유라는 단어마저도 벗어던지고 그저 살아보자. 나로 존재하는 것밖에 할 줄 모르는 아이처럼, 해맑게. 그렇게 '자유' 없이도, 아이 엄마도 나로 존재할 수 있다.

나는
나를 포기할 수 없다

스물다섯의 나는 다니던 회사를 그만두며 아나운서에서 변호사라는 새로운 꿈을 꾸었다. 나의 첫 책에는 꿈을 꾸다 좌절하는 내가 담겨 있으나 좌절 그 후에도 삶은 계속되었고, 이후 나는 엄마가 되었으나 엄마란 직책이지 직업이 아니었으므로 '업', 그러니까 커리어에 대한 고민과 그를 향한 여정은 계속되었다. 그 길은 어쩌면 남들 눈엔 무탈하고 평탄해 보였을지도 모르겠다. 첫 책 출간 후에 이 책을 계약하게 되었으니 나는 어쩌면 '작가'가

된 셈이기도 했고, SBS 아나운서는 아니지만 '아나운서'로 불리며 방송도 했으니 '방송인'이라는 직업도 이어갔다고 할 수 있겠다.

노벨 경제학상에 빛나는 클라우디아 골딘은 《커리어와 가정》이라는 책에서 커리어(Career)와 직업(Job)을 이렇게 분리한다. 커리어는 아이처럼 끝없는 관심을 기울여 정성스레 키우는 것이고, 이와 달리 직업은 급여만이 있다고. 아이를 키우는 것이 선택인 것처럼 커리어를 키우는 것도 선택의 영역이라고 생각한다. 모두가 커리어를 가지며 사는 것은 아니며 구태여 그럴 필요도 없다. 자기 삶이 직업으로서의 일만으로 충분하다면 그것은 그것대로 존중받아야 할 선택이다. 그러나 나는 커리어, 내가 정성 들여 키울 일을 찾고 싶었다.

사실 나의 경우 얼굴과 이름으로 일을 시작하여 내 얼굴과 이름으로 많은 일들을 벌려왔기에 '나' 자체가 커리어가 된 케이스였다. 그리하여 '나'로부터 일과 업이 생기기에 '나'를 키우는 것이 곧 커리어를 키우는 일이 되었다. 그 때문인지 나는 아이를 낳고 바람 빠진 풍선이 된 몸을 이전으로 돌려놓기 위해 남들보다 조금은 빠르고 독하게 운동을 했고 이를 위해 물론 돈도 아낌없이 투자했다. 나의 몸뿐 아니라 가정도 내게는 커리어의 일부가 되었다. '나'와 연관된 모든 것들은 그 자체로 나의 명함이 되었기에 가정에서 엄마와 아내의 역할을 충실히 하는 것도 '나'라는 커리어를 정성스럽게 키우는 데 필수라고 생각했다. 가정이란 나라는 개인에게 가장 기본이 되는 사회인데, 기본적인 사회생활도 못하는 사람이 매력적일 리 없으니까. 그렇게 나를 둘러싼 많은 것들은 내게 커리어와 같이 살뜰한 의미를 가졌다. 그중 '학업'은 내게 조금 특별한 의미를 가졌다. 더 실력 있는 사람이 되고 싶다는 것이 내가 '나의 커리어'에게 가진 가장 큰 바람이었다. 이것은 단순히 대학원을 가고 싶다, 자격증을 따고 싶다는 수준이 아니라 성장하고 싶다는 욕구, 그러니까 '나 자신에 대한 욕심'으로 치환되었다. 그 때문에 나에게 학업을 놓는다는 것은 나에 대한 욕심을 내려놓는다는 의미였다. 가만 보면 참 신기하다. 무엇 때문에 그토록 공부가 하고 싶었는지 모르겠다. 이유는 모르겠지만 내게 학업은 그만큼이나 큰 욕망의 대상이었다.

내가 꽂혔던 학문은 법학이었다. 변호사가 되어

글을 쓰고 방송을 하는 나를 상상할 때면 나는 늘 입안 가득 사탕을 머금은 사람처럼 달콤한 기분에 취해 광대뼈를 들썩였다. 그 상상이 좋아서, 나는 회사를 그만둔 지 두 달 뒤에 리트(LEET, 법학적성시험)를 한 번 보았고 로스쿨에 불합격한 뒤 전업 재수를 감행했다. 그러나 열심히 공부하면서 결혼할 짝을 만나 결혼 준비를 하던 중 임신 사실을 알고 좌절했다. 그렇게 좌절한 채로, 첫아이를 임신한 채 나는 나의 두 번째 리트를 보았다. 점수가 나쁘지 않아서 합격을 기대했으나 떨어졌고 그 슬픔을 담아 첫 책을 써냈다. 그 뒤 나는 첫아이를 낳았고 그러고도 미련이 남아 리트를 한 번 더 보았으나 처참한 성적표를 받고 울며 그 꿈을 구겨버렸다. 그리고 둘째를 낳을 결심을 했다.

여기까지만 들어도 듣는 이의 숨이 넘어갈 만큼 다사다난한 서사다. 그러나 본론은 아직 시작도 하지 못했다. 나는 계획대로 둘째를 가졌다. 그리고 둘째 임신 5개월 차에 새해를 맞아 인생 계획들을 적어보던 중 나는 벼락이라도 맞은 사람처럼 홀린 듯이 베란다로 갔다. 미처 버리지 못하고 베란다에 내놓았던 리트 교재들을 다시 집어 든 것이다. 그리고 그다음 날부터 첫아이가 어린이

집에 간 사이에 매일 조금씩 문제집을 풀었다. 만삭이 되어갈수록 의자에 앉아 있는 것조차 힘들어 숨을 헉헉 대면서도 기어코 했다. 티끌을 모으는 사람처럼, 이삭이라도 줍는 사람처럼, 그렇게 책상 앞에 쪼그려서 시간을 재고 문제를 풀고 채점을 하고 일기를 썼다. 그리고 5월이 되어 둘째를 낳았고 조리원에서 나오자마자 주말마다 리트 전국 모의고사를 보러 다녔다. 에어컨 바람에 산후풍이 들까봐 내복에 수면 양말을 신고. 나는 대체 무엇 때문에 그렇게 매달렸을까?

시험의 결과는 사실 기대 이상이었다. 주변에서도 지역의 사립 로스쿨 정도는 충분히 지원해볼 만하다고 했다. 이제 고생 끝, 나에게도 내가 원하는 결말이 오는 걸까? 두근거리며 남몰래 네 번째 로스쿨 지원을 했다. 결과는 예상과 달리 또다시 불합격이었다. 나는 아닌가봐. 이번 불합격은 그간 느낀 바와 다른 벽처럼 느껴졌다. 어딘가에 지나갈 문이 달린 벽이 아니라 다른 방향을 알려주는, 영영 오래되고 높은 벽이라는 생각이 들었다. 그만할까? 이만큼 했는데도 안 되는 건 정말 아니라서, 내 길이 아니라서 그런 걸지도 모르잖아. 마음속에 부정의 말이 싹트자 심장이 쿵쾅거렸다. 심장 소리보다 빠르고 천둥 같은 분노도 올라왔다. 내 길이 아닌 게 무슨 상관이야? 내가 지금 하고 싶은 게 변호사뿐인데. 갖은 독백으로 머릿속이 어지러웠지만 내게는 한 가지 확신이 반짝였다. 나는 안 멈춰.

멈추고 싶어도 멈출 수가 없었다. 이 공부를 포기한다는 것은 내게 나를 포기한다는 것을 의미하는 것이었다. 나는 나를 포기하고 싶지 않았다. 나를 대충 사랑하면서 내 커리어를 온 마음이 아닌 반 마음만 가지고 대하고 싶지는 않았다. 마음이 원하는 것을 하며 살고 싶었다. 어떻게든 나는 법학 공부를 하고 싶어. 불합격 통보를 받은 그날, 나는 유학생 친구 둘에게 연락을 했다. 그리고 친구들이 알려주었다. 미국에서 법학을 배운 친구, 배우고 있는 친구들이 어떻게 미국까지 갔는지 말해주었다. “너도 해봐.” 그 한마디를 가슴에 심고는 서울 강남에 있는 유학원에 상담 예약을 했다. 한 시간 상담에 10만 원을 내야 한댔다. 말도 안 되게 비싸다고 생각했지만 일단은 가보기로 했다.

약속 시간에 도착했으나 앞 상담으로 나는 30분을

기다려야 했다. 그냥 돌아가려 하자 원장이라는 사람이 다가와 조금만 더 기다려보라고 나를 설득했다. "저는 그럼 10만 원 못 내요." 돈 안 내도 되니 반 토막짜리라도 상담은 받아보고 가라고 했다. 못 이기는 척 기다려 상담을 받았다. 사실 내용은 충격적이었다. 다- 해주겠다고 했다. 자기소개서도, 지원서 작성도, 학교와 소통하는 것도 다 직접 해줄 테니 토플 점수만 만들어오라고 했다. 얼떨떨해하며 웃으니 견적서를 내보였다. "미국 로스쿨 다섯 군데 지원해주는 걸로 하고 990만 원만 받을게요." 상담비가 왜 10만 원인지 알 수 있었다. 이것은 천만 원을 완성해주는 퍼즐이었다. 10분 남짓한 상담이 끝나고 집에 돌아와 남편에게 유학원의 견적서를 보여주었다. 서로를 쳐다보았으나 할 말이 없었다. 아이가 매달리자 정신이 들었다. 나는 엄마요 남편은 아빠이기에 우리는 이미 누군가를 키우는 사람이라, 나는 이제 어른이라, 나 정도는 스스로 키워야 한다는 것이 본능처럼 깨달아졌다. 유학원 견적서를 쓰레기통에 넣고 나는 구글과 번역기, 챗지피티(chatGPT)를 열어놓고 가고 싶은 미국 로스쿨들을 하나씩 뒤져보기 시작했다.

간절함은
대범함이 되어

미국 대학 입시는 난생 처음 해보는 것이었다. 언젠가 유학을 가는 내 모습을 늘 마음 한편에서 상상하며 살았지만, 정말 가려고 구체적인 정보를 찾은 적은 없었다. 어릴 적엔 엄마 치마폭에 싸여서 유학원의 도움을 받거나 사촌의 도움을 받으면 막연히 나도 유학을 갈 수 있으리라 생각했다. 그러나 내가 유학을 고민하게 된 시점은 다름 아닌 내가 아이 둘을 키우게 된 때였다. 내가 유학을 갈 수 있는 방법은 단 하나, 아이들이 밤 9시쯤 잠들면 거실에 앉아 노트북을 켜고 정보를 찾고 지원서를 작성해 내는 것이었다. 밤이면 나는 소파에 앉아 한참 노트북을 두드렸다. 세상이 얼마나 좋아졌는지 지구 어디에서든 인터넷만 있으면 나는 원하는 대학의 홈페이지에서 정보를 얻을 수 있었다. 지원서를 쓰다가 모르는 게 생기면 뉴욕에 있는 친구와 위스콘신에 있는 친구에게 보이스톡을 걸었다. 둘 다 로스쿨을 다니는 친구들이라 큰 도움이 되었다. 그러나 시차로 인해 한국 시간으로 밤마다 미국이 아침이 되길 기다려야 했다. 새벽 3시, 4시에 자는 일이 잦아졌다.

이런 나를 배려해 아침이면 남편은 홀로 일어나 첫째 등원을 준비하고 방에서 자던 둘째를 안방의 내 곁에 데려다놓고 출근했다. 그럼 나는 반 잠든 상태로 둘째 분유를 먹이고 아이가 놀 동안 꾸벅꾸벅 졸다가 이유식을 먹일쯤 깨어 커피를 한참 마신 다음 다시 아이 끼니를 먹였다. 점심쯤 잠이 깨면 다시 아이와 거실에 앉아 노트북을 켜고 지원서를 쓰고, 모르는 게 생기면 지원교 입학처에 문의 메일을 보냈다. 미국에 보낼 각종 성적표를 발급하는 법, 성적 증명을 신청하는 법, 자교 사이트로 지원서

접수를 받는 학교, LSAC을 통해 지원서를 받는 학교 등이 다 달랐기 때문에 매일 자잘자잘 할 일이 족히 스무 가지는 되었다. 산 넘어 산. 나는 홀로 마라톤하듯 등산을 하는 기분이었다. 집 밖에서 해야 할 일이 생길 때, 학교에 성적표를 떼러 간다거나 우체국에 가야 할 때면 둘째를 잠시 친정에 데려다놓거나 일일 베이비시터를 불렀다. 하루에 13만 원. 내 외출에는 늘 비용이 따랐다. 아이를 남의 손에 잠시 맡긴 날에는 집 밖에 나간 김에 많은 것을 해야 했다. 모교에 가서 성적표를 받고, 우체국에 가고, 도서관에 가서 토플 문제집을 빌리고, 추천서를 부탁하기 위해 여기저기 연락을 돌렸다. 여주에서 서울까지 토플을 보러 갈 시간도 여의치 않아 나는 토플 홈 에디션부터 보았다. 새벽 1시에 윗방에 책상을 하나 들여놓고 두 시간 동안 토플을 보았다. 물리적인 시간이 절대적으로 부족했기에 나는 딱 두 군데 대학만 지원하기로 마음먹었다. 톱14 미국 로스쿨 중에서 위쪽에서 하나, 아래쪽에서 하나를. 어디든 붙기만 하면 감사한 일이었다. 한국 로스쿨에 떨어지고 미국의 톱14 학교를 쓰는 내가 웃기기도 하고, 다른 곳 아닌 여주에서 아이 둘을 키우며 홀로 미국에 가겠다고 고군분투하는 내가 너무도 터무니없어 미쳐 보일 수도 있겠다고 생각했지만, 간절함은 대범함이 되었던 것 같다. 알 수 없는 자신감도 있었다. 내가 무려 4년 동안이나 한국 입시 판에서 버텼다는 것. 그 사실 하나로 적어도 지원해 볼 자격은 되는 것 같았다.

이 기간 내내 남편은 밤마다 내 등판만 보았다. 그는 내 책상으로 커피를 가져다주고 간식을 챙겨주며 늘 새벽 1시까지 나를 지켜보다 잤다. 옆에서 그가 말동무라도 해주는 덕분에 나는 덜 미칠 수 있었다. 이것도 해야 된대, 저건 저렇게 해야 된대, 쫑알쫑알 남편에게 일러바치며 홀로 많은 것을 해치웠다. 지원서 제출 과정이 막바지에 다다랐을 때는 밤마다 울었다. 남편에게 다시는 유학 같은 거 가지 않을 거라며, 왜 내 돈 내고 이 고생이냐고, 이것은 내 인생 마지막 유학이 될 거라고, 어쩜 이렇게 아무도 나를 도와주는 이가 없냐고 울며불며 하소연했다. 힘들어서 하는 푸념이었다. 왜냐하면 이것은 사실이 아니었기 때문이다. 미국 로스쿨 방향성에 대한 팁, 알지 못했던 프로그램들에 대한 설명(미국 로스쿨 석사가 JD/ LLM/ MSL로 나뉜다는 것), 학교별 학풍 등 이 모든 정보가 내 주변인들이 오로지 선의로 제공해준 것들이었다. 주변에 얼마나 물어물어 도움을 받고 또 받아 지원했는지 모르겠다. 이 자리를 통해 나의 연락이 귀찮았을 텐데도 많이 도와준 내 중학교 친구 도형이, 건명원 친구 현우, 사회에서 만난 우태영 씨에게 큰 감사를 전한다.

'왜'라는 질문에
'나'라고 답했다

3개월간의 미국 로스쿨 입시를 마치며, 나는 다시금 자기소개서가 얼마나 중요한 글인지 느꼈다. 입학이나 입사에 중요하다는 것이 아니다. 자기 자신에게 중요하다는 것이다. 퇴사 후 지난 4년간 로스쿨 입학시험 준비라는 명목 아래 나는 한 해도 빠짐없이 몇천 자가 족히 넘는 분량의 자기소개를 썼다 지웠다 하기를 반복했다. 자기소개서란 '왜'라는 질문에 '나'라는 사람이 얼마나 자연스럽고 찰떡같이 어울리는지 설명하는 글이다. 합격과 불합격이라는 평가의 대상이 되는 자기소개의 가장 큰 특징은 단 하나의 완성본만을 제출할 수 있다는 것이다. 그리고 글자 수가 제한적이고 상대적으로 눈에 띄어야 한다는 압박도 있다. 매해 한국 로스쿨 입시를 준비하며 나는 가을마다 밤새 나에 대한 계획을 써 내려갔다. 계획을 그럴싸하게 쓰기 위해 로스쿨 생활에 대한 정보를 수집하고 변호사 시험 공부법을 이것저것 알아봤다. 진로에 대한 탐색도 소홀히 하지 않았다. 내가 뭘 할 수 있는지 찾아보고 내가 왜 그것을 하고자 하는지 설명했다. 오늘날의 한국 로스쿨들은 자교의 변호사 시험 합격률을 올리는 것에 혈안이 되어 있기에 자연히 공부 잘하는 어린 학생들을 선호하거나 이미 수험 생활 경험이 있고 자격증이 있는 전문직을 선호했다. 이런 경향성이 눈에 보였기에 나는 내가 아이가 둘이나 딸린 20대라는 것을 조금도 어필할 수 없었다. 임신한 채 리트를 보았던 그때처럼, 나는 이 사회에서 내 아이들이 나에게 분명한 걸림돌이라는 것을 순순히 인정했다. 현실은 이상처럼 녹록지 않으니까.

미국 로스쿨을 준비하면서 비로소 나는 나에 대해 자유롭게 처음부터 설명할 기회를 얻은 기분을 느꼈다.

나는 이미 외국인인 데다 유색인종 여성이니 아이까지 키우고 있다는 게 합격에 불리하게 작용할 것 같지 않았고 오히려 미국 대학들이 표방하는 '다양성'에 내 삶의 궤적이 기여할 수 있는 바가 있다고 생각했다. 아이들이 오히려 나의 서사를 특별하게 만들어줄지도 모른다는 기대감에 쭈그리고 있던 자신감이 어깨를 폈다. "왜 우리 학교에 오고 싶어?" "왜 법을 배우고 싶어?" "왜 우리 학교에서 법학을 배우는 게 너한테 도움이 되는데?" 수많은 '왜'에 답변을 써 내려가면서 나조차도 모르고 있었던 나의 깊은 이상과 야심 찬 계획을 많이 발굴했다. 이상하게 한국 로스쿨을 위한 자기소개서를 쓸 때와 달리 미국 로스쿨 지원서를 쓰는 나는 점점 커졌다. '공정'이라는 명목 아래 많은 것을 직접 언급할 수 없고, 증명 서류로 증빙할 수 없는 것은 적을 수 없었던 한국 로스쿨 자기소개서와 달리, 미국 로스쿨 자기소개서는 그 어떤 제한 없이 자유로웠다.

분명 처음에는 '잘 보이고 싶은 마음'에 구구절절 붙여본 계획이었다. '어쩌면 나는 이런 것도 할 수 있을지 몰라. 우리 사회에 나 같은 사람도 필요하다니까. 나한테 기회만 주면 정말 열심히 할 수 있어.' 최대한 말이 되도록 구성해보려고 내가 이룬 여러 경력들을 어필하고 내가 어떤 준비를 해왔는지 적어보면서 자기 최면을 걸었다. '난 정말 할 수 있어. 나는 정말 준비가 되었다고.' 그렇게 한참 내가 이룬 것들과 이루고 싶은 것들을 구구절절 적으면서 나는 내가 애틋해졌다. 물론 자기소개서 쓰는 일이 순탄하지만은 않았다. 욕심이 과해지자 자기 자랑으로 버무려지게 된 자기소개서는 금세 자기혐오의 선을 넘어왔고 결국에는 스무 가지 버전의 자기소개를 모두 버리고 다시 여백에서 시작해야 했다. 4년간 매해 연례행사처럼 쓰던 자기소개서들이 스쳤다. 직관을 꺼내야 하는 순간이었다. 수많은 연습 끝에, 자아를 지켜온 사람만이 가질 수 있는 것, 직관은 그렇게 아무것도 아닌 척 내 안에 숨어 있다가 내가 비로소 내가 되어야 할 때 나타나 나를 구해주었다.

자기소개서란 사실을 바탕으로 한 공상소설 같은 면이 있으나, 현실에 이만큼 이상적인 시나리오가 있을까 싶으리만큼 아름다운 인생의 계획을 완성하고 나면 정말 내가 이렇게 될지도 모른다는, 또 그렇게 되면 좋겠다는 생각에 들뜨게 된다. 돌이켜보니 아이를 낳은 지 10년도 채 되지 않은 엄마가 엄마 된 소감 없이 자기소개서를 쓴다는 것은 어불성설이었다. 아이를 낳고 나는 더더욱 나만을 위해 사는 것이 얼마나 부끄러운 일인지 알게 된 터였기에 아이들이 가져온 내 변화를 자기소개에 녹이는 것이 훨씬 자연스러웠다. 짧은 인생이지만 이만큼 살고 보니 삶은 분명 제도와 운의 조합으로 굴러간다. 엄마인 나는 아이의 삶을 좌우할 운도, 사회의 제도도, 아무것도 바꾸어줄 수 없다. 그렇다면 아이의 엄마이자 한 세대 앞선 선배로서 나는 무엇을 해줄 수 있을까? 이것이 내 자기소개서와 내 삶의 방향키에 놓인 질문이었다. 어쩌면 내가 우리 사회의 인식을 바꾸는 데 미약하게나마 기여할 수 있지 않을까. 아니면 우리 사회의 엄마라는 이름이 상징하는 빈약한 상상력에 조금이나마 다양성을 더할 수 있지 않을까. 이런저런 크고 작은 다짐들을 자기소개서에 적었다. 그 글 속의 내가 참 좋아서 한참을 보았다. 글 속의 나일 뿐일지라도, 이만큼 아름다웠으니 떨어져도 후회가 없다고 생각하면서.

아이 낳고도
유학을 가려는 이유

그 시절 우리 모두의 우상이었던 해리포터의 헤르미온느를 열연한 배우 엠마 왓슨이 자신이 18세가 되던 생일날, 문 앞에서 치마 속 사진을 찍으려고 누워 있던 파파라치를 만난 일을 고백했을 때 나는 그게 내게도 일어날 수 있는 일이라고 생각하지 못했다.

만 스물하나에 여자 아나운서로 방송 일을 하면서 나는 비슷한 일들을 많이 겪었다. 스타킹을 신지 않는다고 분노하는 시청자부터 '크기가 어떻게 되냐'는 지속적인

DM, 가끔은 밑도 끝도 없이 쌍욕으로 시작하는 DM, 사랑한다는 DM, 야동 사이트에서 나를 봤다는 DM까지 익명에 숨어 칼처럼 말을 휘두르는 이들이 무서웠다. 그 때문에 나는 스스로가 성취한 것들에도 불구하고 내가 사회적 약자라고 생각했다. 회사 선배들은 악플러나 변태들을 놓고 "널 실제로 보면 한마디도 못 할 사람들이야. 누가 네 면전에서 이런 말을 하겠니. 못 하니까 뒤에서 하는 거지"라고 날 위로해주었는데 내 생각은 조금 달랐다. 내 면전에서도 누구든 충분히 성희롱을 할 수 있을 것 같았다. 그리고 변태들이 우글거리는 갖은 마이너 갤러리 또는 카페의 댓글이나 여론이 실제로 어떤 메이저 언론사 간부의 모니터링 사항에 고려되고 있다고 느껴지는 순간도 있었다. 당시 그 찜찜함에 나는 이를 조용히 문제 삼고 싶었는데 내 말을 들은 담당자의 반응이 너무나도 호들갑스러웠기에 나는 식겁하며 문제 제기를 번복했다. "별거 아니었어요"라고. 속눈썹을 길게 달고 방송한 티를 잔뜩 내며 밤늦게 귀가할 때면 누군가 갑자기 뒤에서 나를 와락 안거나 칼침을 놓을지도 모른다는 생각을 했다.

이런 경험들로 나는 대한민국에서 20대 여성은

수입 유무, 지위 고저와 무관하게 무조건 사회적 약자라는 생각을 가지게 되었다. 아무리 근육질로 몸집을 키우고 슈퍼스타처럼 돈을 벌어도, 사회적 인정을 수도 없이 받아도, 성희롱 앞에선 속수무책이다. "어쨌거나 저쨌거나 넌 못생겨서 섹스어필이 안 된다"는 말은 20대 여성을 너무도 쉽게 무너트린다. 세상이 우리를 그렇게 만들어온 것이다. 지금이야 나는 변태 새끼들이 세상에 참 많구나, 주님, 변태 새끼들이 다 뒤지게 하소서 두 손 모아 기도하지만, 그때는 그들을 저주할 깡다구니도 없어서 속수무책으로 수치심을 느꼈다. 그로부터 5년 정도 지나, 서울에서 한참 떨어진 여주에서 돌이켜보자니 어쩌면, 그게 어쩌면 내가 법학을 하고 싶었던 이유일지도 모른다는 생각이 들었다. 한 번도 경찰이나 검사가 되어 직접 처벌하는 사람이 되고 싶다고 생각하지는 않았으나 나는 세지고 싶었던 것 같다. 누군가 동의 없이 나를 와락 안으면 야무지게 고소하고 아무도 나를 성적으로 바라보지 않기를 바라면서 내 직업이 내게 드리웠던 수동적인 이미지, 가끔은 섹슈얼한 이미지까지 벗어나고 싶었던 것 같았다. 그리고 내가 생각해낸 그 길로 가는 지름길은 뭇 남성들이 질겁한다는 '잘난 여자'가 되는 것이었다.

"잘난 사람이 좋아요. 막 우러러 볼 수 있는 여자요."

김연아, 김연경이 좋다는 남자가 있었다. 그렇다. 소개팅 장소에서 만났던 내 남편이었다.

"잘난 여자는 옆에 두면 기죽어서 싫다는 남자들도 있던데요, 잘난 여자가 왜 좋아요."

내 질문이 황당하다는 듯 그가 대답했다.

"멋지잖아요."

내 질문이 어딘가 잘못된 것도 같았다. 저 남자 말이 맞아. 애초에, 잘난 사람을 왜 싫어해? 잘난 사람은 멋지잖아.

나는 그렇게 내가 생각한 뭇 남성의 예외를 만나 결혼을 결심하게 되었다. 그의 곁에서는 마음껏 잘난 사람이 되려고 노력해도 될 것 같았다. 하지만 슬프게도 결혼 후 잘난 여자 트랙을 달리며 승승장구하지는 못했다. 계획대로라면 첫아이를 낳기 전에 로스쿨을 가야 했는데 미끄럼틀을 역주행하는 아이마냥 계속 미끄러졌다. 나는 점점 작아졌고, 이런 측면에서는 의외로 내게 남편과 아이들이 있는 것이 참 힘이 되었다. 그들 덕분에 나는 대중을 상대로 하는 섹스어필 후보자(?)에서 굉장히 멀어졌고 사람들은 아이들을 나의 성취로 여겨주며 '엄마'라는 역할을 해내는 것에 상응해 크게 어른 대우를 해주었으니까. 그리고 또 남편이 이룬 것들에 대한 존중이 내게도 일부 전이되는 것 같았다. 남편에게 번듯한 직장이 있으니 나는 프리랜서인데도 어디 가서 크게 무시당하지 않았다. 그건 20대 여성으로서 가질 수 있는 엄청난 치트키였다. 적어도 밤늦게 술 마시러 나오라고 전화하는 이는 없어졌으니.

다시 하던 이야기로 돌아가 '잘난 여자' 되기 계획이 난항하던 중 결혼과 출산으로 뜻밖에 '무시당하지 않기' '성적 대상화 탈피하기' 효과를 얻은 뒤의 이야기를 해보려 한다. 여기서부터 본론이 시작될지도 모르겠다. 잘난 사람이 되지 않고도 남편이라는 방어막이 그런 순기능을 낳았는데도 이후 계속해서 잘난 사람이 되길 희망했다면 그건 내가 잘난 사람이 되기를 희망했던 까닭이 위의 두 가지 이유에만 국한된 것은 아니었다는 의미일 테니까 말이다.

아이를 낳고 키우며 나는 자주 안주의 기쁨을 느

꼈다. 낡고 어수선한 집이었지만 그곳에서 아이들을 키우고 하루하루 무탈하게 보내며 나는 욕심 없는 삶에서 누릴 수 있는 커다란 여유를 얻었다. 그건 내가 처음 느껴보는 안락함이었다. 남편이라는 울타리도 좋았고 아이들이 나의 성취라는 점도 자랑스러웠다. 그러나 그 아름다운 감상은 언제나 끝이 났다. 그리고 그 끝에 나는 늘 다시금 '나'라는 사람을 생각해냈다. 그래서 나는 뭘까. 남편의 퇴근을 기다리고 아이의 하원을 대기하는 사람인 걸까?

어쩌면 내가 아나운서가 되고 싶어 했던 것도 '멋진 사람'이 되고 싶었기 때문이다. 10대 후반에서 20대 초반에 이르기까지, 나는 '멋진 사람'이 되고 싶어 세상을 한참 헤매었다. 그렇게 헤매다 아이를 안고 멈추어 서서 나를 돌아보았고 그제야 나를 설레게 했던 동시대의 잘나고 멋진 이들의 공통점이 보였다. 내게 진짜 멋진 사람은 다름 아닌 '이상(理想)'을 가진 이들이었다.

무엇이 그들을 그토록 빛나게 했는가 생각해보면 그것은 바로 그들이 수호하고 헌신하는 이상이었다. 패션 브랜드를 런칭하면서도 패션업계가 야기하는 환경 문제를 고민하는 사람이 있다. 노래를 부르는 가수이면서도 사회에서 소외된 이들을 염려하는 사람이 있다. 정치인이면서 수수하고 소탈한 이가 있고, 연기자이면서도 고독한 이가 있다. 그들은 그 이상을 감당하며 살기 때문에 자잘한 삶의 걸림돌을 성큼 넘어버린다. 마음속에 이상향을 그리며 사는 이들의 발걸음은 성큼성큼 크고 힘차다. 나는 그런 발걸음을 가지고 싶었던 것 같다.

나는 그냥 방송인이 아니야. 시청자의 희로애락과 함께하는 사람이지. 나는 그냥 언론인이 아니야. 우리 사회를 더 나은 방향으로 만드는 사람이지. 나는 그냥 아이 엄마가 아니야. 다음 세대를 키우는 사람이지.

남들의 비웃는 소리가 귀에 닿지도 못할 만큼 성큼성큼 자신의 이상을 향해 걸어가는 나를 상상한다. 그것은 잘난 이만 가질 수 있는 기개이리라. 아름다운 사람일 거야, 그 사람은. 나는 그렇게 아파트 베란다에서 칭얼거리는 아기를 안고 서서 잘난 그녀를 남몰래 그려보고 흠모하고 골똘히 생각하고 그게 나이길 바라는 것이다. 이게 설명이 될지는 모르겠다. 이게 내가 아이 둘을 낳고도 유학을 가려고 하는 이유라고.

포기하지 않고
이만큼 왔다는 것

이 책을 집어 든 이들을 이미 알 것이다. 내가 미국의 로스쿨에 가게 되었다는 것을. 합격 소식에 뒤따른 장학금 수혜 소식을 확인하면서도 믿기지가 않아 계속 눈을 비비는 요즘이다. 눈을 비비며 내가 지난 5년에 대한 글을 쓰자, 이 모든 불합격의 여정을 함께했던 남편이 내게 묻는다.

"만약에 이번에도 불합격했으면 어땠을까?"

"난 아마 책 쓸 자신이 없어졌을 것 같은데?"라고

대답하자 남편이 고개를 저었다.

"아니야. 당신은 떨어졌어도 아마 파이팅!!!!!하고 있었을 거야. 나는 알아. 이번에 또 떨어졌어도 글 썼을 거야."

그럴 리 없다고 고개를 저었지만 남편의 말은 다시금 내게 위로가 되었다. 붙었건 떨어졌건 난 그대로였을 거라고 말해주는 그가, 내가 나일 수 있는 용기가 되었다. 어쩌면 부부란 서로의 기대를 희망 삼아 더 용감해질 수 있는 특권을 가진 사람들이다.

여기까지 오는 동안 참 많은 냉소를 겪은 것도 사실이다. 아이를 낳았다는 이유만으로 나는 이제 꿈이 없는 사람, 혹은 일 욕심이 없는 사람처럼 치부되었고('정말 일에 대한 야망이 있었다면 결혼도 안 하고 아이도 안 낳았겠지'라는 생각에서 비롯된 것 아니었을까?), 또 어떤 도전을 감행하기에는 많은 걸림돌이 있어 도전해서는 안 되는 사람으로 여겨지기도 했다(소는 누가 키워?). 누군가는 나의 계속되는 도전을 두고, "안 될 것 같은데"라는 쉬운 말을 돌처럼 던지기도 했으며, 또 누군가는 "그동안 공부한 시간이 아까워서 어쩌냐"고 걱정하듯 빈정거리기도 했다. 내가 다 알 수 없는 여러 말의 바탕들을 짐작도 해보며 한껏 그 말들에 기분이 상하기도 했다. 내 노력을 무시하며 그들이 느꼈을 우월감 혹은 '네가 아무리 잘났다고 나대봤자'라는 식의 깔봄을 통해 느꼈을 안도감 등 그 말의 저변에 있는 것은 참으로 다양했을 테지만 지금 남은 것은 오직 나, 그리고 내가 나만큼 소중히 여기며 지켜낸 커리어다.

돌이켜보니 내가 직장을 그만두고 내 길을 뚜벅뚜벅 걸어온 지도 5년 차가 되었다. 꽤 걸어왔다. 길이 없어 보이는 순간이 참으로 많았다. 방송국에서 한참 떨어진 낯선 곳에서 엄마라는 낯선 이름을 품에 안고, 아나운서라는 뚜렷함 없는 직업을 다시금 사랑해주며 새로운 도전에 끝끝내 원하는 마침표를 찍기까지. 많이들 그 불확실성을 어떻게 지나왔느냐 묻는다. 이 질문에 대한 답을 곰곰이 생각해보니 이건 나에게 일상이 있기 때문에 가능했다. 나에게는 구체적인 삶이 있었다. 매일 아침에 일어나 집 밖을 나선 후 오후에 돌아오는 아이와 남편은 나에게 반복되는 하루하루가 주는 힘을 알려주었다. 그들 덕분에 내 삶은 안정되었고 나는 이 일상을 지키기 위해 내 꿈보다 삶을 먼저 대접해주었다. 삶을 먼저 가꾸니 꿈에 잠식된 스산한 불안에 잡아먹히지 않을 수 있었다. 지금도 여전히 나는 남편과 첫째를 아침 일찍 내보내고 둘째 분유를 먹이는 것으로 하루를 시작해서 아이가 낮잠을 자는 동안 글을 쓴다. 둘째와 점심을 차려 먹고 간단히 놀며 일상의 숙제를 처리하고 저녁 식사 메뉴를 고민한다. 4시에는 첫째 하원을 시켜고 집에 돌아와 저녁밥을 차리고 아이들을 순서대로 씻긴다. 남편이 귀가하고 남편의 저녁을 차려주며 하루 중 있었던 일을 나눈다. 이후 남편에게 아이들을 맡기고 운동을 하러 나갔다 돌아오면 부부의 자유 시간 및 집안일 시간이 남아 있다. 조그마한 스탠바이미로 예능을 하나 틀어두고 우리는 빨래를 개거나 야식을 먹는다. 이게 나에겐 삶이다. 그간은 꿈이 나의 삶이었다면, 이제는 일상이 내게 삶이다. 이 삶을 대접해주자 꿈은 내게 불확실한 것이기보다 기대하는 것이 되었다. 매일 반복되는 일상을 책임져가면서 나는 불안해하지 않고 기대하는 법을 배웠다. 내일도 오늘처럼 살면 되니까 크게 무섭지 않다. 이 모든 삶의 변화, 생각의 변화는 지난 24개월간 여주에서 일어난 것이다. 꼬박꼬박 내가 지킨 내 삶이 좋다. 그 와중에 놓치지 않고 지킨 내 꿈도 좋다. 그러고 보니 내가 뭐라고 계속해서 글을 쓸 기회가 생기고 방송을 할 일이 생길까? 그저 포기하지 않고 이만큼 왔다는 것을 다들 기특히 여겨주는 것은 아닐까? 나를 기특히 여겨주는 모두에게 감사의 인사를 전하고 싶다.

인생이여,
만세!

〈더 도슨트〉라는 미술 프로그램을 진행하고 있다. 도슨트 분이 작가의 생애와 작품을 소개하는 이 프로그램에서 내 역할은 관람객이자 미술 전공자로서 이런저런 이야기를 몇 마디 얹는 것이다. 이날 녹화의 주제는 프리다 칼로였다. 학창 시절 교과서에서 그녀의 곡절 많은 생에 대해 잠깐 듣고 몇몇 자화상을 보았던 기억이 전부인 작가였다. 그러나 녹화 중에 알게 된 칼로는 그보다 훨씬 더 많은 이야기를 간직한 화가였다.

여섯 살에 척추성 소아마비를 앓느라 9개월간 방에 갇혀 있어야 했고, 그 후유증으로 좌우 다리 길이가 달라 오른쪽 굽이 높은 신발을 신어야 했다. 그럼에도 칼로는 밝고 총명한 아이였고, 의과 대학 진학을 앞둔 어엿한 성인으로 자랐다. 하지만 1925년 칼로가 타고 있던 버스가 전차와 충돌했고 칼로는 왼쪽 다리 열한 곳이 골절되는 등 이루 말할 수 없는 끔찍한 사고를 겪게 된다. 이 사고로 칼로는 죽을 때까지 하반신마비 장애를 안고 살았다. 게다가 사고 당시 철근이 칼로의 자궁을 지나간 바람에 칼로는 세 차례나 유산을 하고 30회가 넘는 고통스러운 수술을 하며 평생을 보내야 했다. 설상가상 남편 디에고가 바람까지 피우는 바람에 마음마저도 몸만큼이나 찢어질 듯 아픈 시절이 계속됐다. 녹화 내내 칼로의 이야기에 몰입했다. 그리고 녹화장에서 도슨트가 골라온 하나의 그림, 그녀의 유작을 본 순간 온몸에 소름이 돋았다. 죽기 8일 전에 그렸다는 유작 〈비바 라 비다, 수박〉(1954)이었다. 쉽게 굴러 쉽게 떨어지고 쉽게 깨지는 수박과 그 안에 적은 하나의 문자. Viva la Vida. viva는 '살기를!', vida는 '인생'이라는 뜻으로 인생을 축복하는 격언이라고 한다.

인생을 살기를! 삶이 계속되기를! 인생이여, 만세!

어떻게, 아프고 외롭고 억울하고 슬픈 시간을 축복하지? 고통이 아름다움이 되기도 한다는 말은 칼로에게 실례가 될 것 같았다. 삶이 가끔 우리에게 레몬을 준다는 격언마저 칼로 앞에서는 우스웠다. 칼로에게 삶은 축복이기보다 저주였다. 수박이 깨어지며 드러난 말랑하고 붉은 과육은 수많은 수술을 거친 칼로의 육신 같아 보였고, 묘비명같이 적힌 삶에 대한 긍정문은 과언 유작으로 손색이 없었다. 수박 속의 글은 수박이 깨어지기 전에 적힌 비밀 메시지였을까, 아니면 깨어진 후에 사람이 새긴 메시지일까? 전자여도 이상할 것이 없어 보였지만 왠지 후자일 것 같다는 생각이 들었다. 칼로는 깨어진 수박 같은 삶을 끝까지 살아내었으니까. 삶이 내 육신을 뭉개는 듯한 신체적 고통을 선사하고 끝없는 수술, 후유증, 장애로 삶이 깨진 수박처럼 되돌려 붙일 수 없게 조각났을 때에도 칼로는 침대에 누워 그림을 그렸다. 예술혼이란 살겠다는 의지를 닮은 걸까? 어쩌면 놓을 수 없는 욕심의 발현일까? 그런데 인간의 욕심이 절망보다 클 수가 있나? 칼로는 어떻게 계속 그렸을까? 붓을 잡고 그리겠다는 생각보다 놓고 싶다, 외면하고 싶다는 생각이 더 자연스러운 환경이 아니었나. 그러나 칼로는 계속해서 그렸다. 왜 그리고 어떻게 계속해서 그렸는지 나는 여전히 칼로의 심정을 알 수 없다. 내 모든 상상력은 칼로의 삶을 이해하기에 부족할 것이다. 그래도 어렴풋이 헤아려보았다. 니체가 떠올랐다. 초인만이 아이처럼 매일 새로 태어나 불굴의 순수함으로 세상의 모든 고통을 껴안을 수 있을 테니까. 더러운 물도 품는 바다처럼. 니체가 말한 초인이란 칼로와 같은 인물이 아닐까? 삶의 의지를 뛰어넘는 것은 삶 그 자체에 대한 긍정이라고, 절망이 집어삼킬 수 없는 삶도 있다고, 칼로의 삶이 말해주고 있었다. 허무와 아픔을 담담히 살아내는 아이처럼, 해맑게. 어여쁜 수박의 모습을 하고.

칼로의 붓질을 생각하면 삶의 자잘한 고뇌들이 사라진다. 외로움도 힘을 얻고 아픔도 낫는다. 칼로가 왜 계속해서 그림을 그렸는지 알 수 없는 것처럼, 내게도 이유 없는 낙천이 있다. 알 수 없는 천진함을 간직한 나의 엄마를 비롯해 계속해서 자신의 세계를 확장시켜가는 우리 모두가 칼로처럼 사는 이들이다. 끊임없이 기쁜 얼굴을 하는 사람들. 고난을 끌어안는 바다처럼 자기 자신을 극복하는 사람들. 끝끝내 삶을 긍정하는 숱한 얼굴들을 상상해본다. 배부른 이의 허영과는 정반대에 있는 낙천만이 인생에게 만세를 불러줄 수 있겠지. 나 또한 이해받지 못할지도 모르는 곡절들과 실패를 인생에 차곡히 쌓는다. 그러나 내게는 칼로가 있어서 외롭지 않다. 삶이 나를 깨어버릴 땐 칼로가 그린 깨진 수박을 보며 속삭이면 된다. 인생이여, 만세!

모두의 삶은 같은 무게로 소중하다

나의 아들이 태어난 2022년 12월은 대한민국 역사상 최저출생아수를 기록한 달이었다. 이 달에 대한민국에 태어났다고 신고된 아이는 1만 8511명이다. 우리 사회는 자명한 저출생 사회다. 생물학적으로 출산이란 번식 행위로, '번식'은 곧 그 종이 사회에 '적응했음'을 의미한다고 한다. 그러니 오늘날 보여지는 극단적인 저출생 현상은 현대인이 이 사회에 '부적응했음'을 의미하는 것은 아닐까?

무엇이 우리를 사회에 부적응하게 하는 걸까?

문제는 이 사회가 생산하는 '이미지'에서 비롯된다고 생각한다. 《스펙터클의 사회》에서 기 드보르는 사회가 개인을 노동자로 만들어 '삶'마저도 인간의 '생산품'으로 전락시키고 있다고 말한다. 삶이 생산물이 되면 인간은 삶으로부터 분리되는데 이로써 개인의 구체적인 삶은 퇴행한다는 것이다. 우리가 살아가고 있는 시대는 미디어 매체를 통해 누구나 손쉽게 이미지와 콘텐츠의 생산자이자 소비자가 될 수 있는 사회다. 스마트폰, 티브이, 유튜브, 블로그, 인스타그램에는 매초 글과 그림 이미지가 범람한다. 그렇게 삶은 쉽게 '이미지'가 되고 '산다는 것'은 곧 이미지를 생산하거나 소비하는 일이 된다. 그리고 그 과정에서 우리는 무의식적으로 이상화된 삶, '환상'을 갖게 된다. 우리는 우리도 모르는 새 '사는 행위'를 노동하고, 그 과정에서 사회가 만든 '이미지'를 기준으로 자신의 삶을 판단하고 점검하며 살아가는 것이다. 엄마가 되며 이 사회에 갖게 된 가장 큰 불만은 이 사회가 '엄마'를 집 안에 귀속된 특수한 인간으로 치부한다는 것이다. 일하는 엄마는 가사와 일을 모두 하는 '슈퍼우먼' '워킹맘'으로, 바쁜 엄마는 '이기적인 엄마'로, 살림만 하면 '편하게 사는 엄마' 또는 '사회 경력이 단절된 엄마'로 불쌍하게 그리는 이 사회의 '엄마' 이미지가 싫다.

'엄마다운 것' '모성애' '희생과 헌신' '나를 갈아 넣는 육아' '억척스러움' '아이를 낳는다=사회생활을 포기한다' '여자가 결혼한다=일 욕심이 없다'와 같은 이 사회의 단편적인 '엄마' 이미지가 임신 기간 내내 나를 괴롭혔다. 세상에서 만들어내고 있는 '엄마' 이미지 중 되고 싶은 엄마는 하나도 없었기 때문이다. 단언컨대 엄마가 100명 있다면 그 100명은 모두 다른 엄마다. 오직 공통된 것은 우리 중 누구도 엄마의 배 속에서 나오지 않은 사람이 없다는 것이고, 우리 모두가 생후 1년간은 타인의 도움 없이 먹지도 싸지도 씻지도 못하는 작은 인간이었다는 것뿐이다. 이런 이미지는 어디서 왔을까?

건명원 입학을 위한 자기소개서에 적었던 글의 일부이다. 세상에서 만들어내고 있는 '엄마' 이미지 중 되고 싶은 엄마는 하나도 없다는 것. 이것이 내가 가진 문제점이었으나 그게 정확히 어떤 문제인지 나조차 알지 못했다. 이에 대해 조금 더 선명히 알게 된 것은 2023년에 EBS '저출생 인구위기 극복의 날' 특집 생방송을 준비하기 위해 제작진과 함께 참석했던 한 강연 덕분이었다. 다양한 주제의 강의를 통해 인구 고령화와 저출산 문제를 진단하는 컨퍼런스에서 나는 덕성여대 정진웅 교수님의 강의를 만났다. 주제는 바로 '노년 꿈꾸기를 저해하는 문화적 무의식'이었다. 간단히 말해 '노년'과 '노인'이라는 단어가 개인의 개성과 다양성을 가리고 이들을 소외된 존재로 치부한다는 것이다. 예를 들어 60세부터 노인이라면 100세 시대에 40년의 인구를 묶어 일반화해버리는 셈이 되며, 국회의원이나 재벌 회장은 나이 들어도 노인이라고 하지는 않는다는 점에서, 노인이란 근대적으로 소외된 사람들을 지칭한 존재라는 것이다.

교수님은 노년기의 적응은 청년의 적응이나 북한 주민의 적응과는 다르다고 지적했다. 노년기는 적응할 새로운 대상이 없고, 그저 노년기 자체가 적응의 대상이라는 것이다. 노년기 자체가 적응해야 하는 대상이 되는 이유는 노년기가 문화적으로 풍성하지 않고 왜소하기 때문이라면서, 철인삼종경기를 하는 노인이나 젊어 보이는 노년 모델을 부각하는 것이나 노년 합창단의 이름을 '청춘합창단'이라고 짓는 것은 모두 중년의 끝없는 연장으로서의 노년만을 그리고 있기 때문이라고 꼬집으셨다. 이 노년상은 노년의 고유한 경험을 은폐하고 소수의 노인만 누릴 수 있는 것을 청사진으로 제시하면서 보통의 노인을 계속 사회에서 소외시킨다. 궁극적으로 교수님은 이 강의를 통해 비노년 세대가 소비자본주의에 잠식된 것은 아닌지 물어왔다.

이 강의에서 언급된 예시들에서 내가 놀랐던 점은 '노인'이라는 단어의 위치에 '엄마'라는 단어를 넣어도 전부 말이 된다는 것이었다. 엄마의 적응은 엄마 됨 자체가 적응의 대상인 신체적 변화이기도 하고, 사회가 제공하는 이상적인 엄마의 청사진도 모두 아가씨 같은, 활기찬, 젊고 날씬한 모습을 하고 있다는 것이 소름 돋게 같아 보였다. 미디어가 엄마들의 고유한 경험을 은폐하고 소수의 엄마만 누릴 수 있는 것을 청사진으로 제시하면서 보통의 엄마를 계속 소외시킨다는 지적도 말이 되었다. 엄마의 삶이 문화적으로 풍성하지 않고 왜소하다는 것이 내가 가진 문제의식이라는 것을 알게 되었다.

엄마란 어쩜 노인처럼 사회에서 소외된 이들을 지칭하는 단어가 된 건 아닐까? 내 이름 옆에 엄마라는 꼬리표는 그렇게 불쑥 알 수 없는 때에 나의 자격지심으로 발동했다. 새로운 도전을 앞둔 때에도 나는 이제 대박 성공 신화의 주인공이 될 가능성보다 끈기의 아이콘이 될 확률이 높다고 생각했고, 누군가 내 외모를 칭찬하면 나도 모르게 "아이 낳은 사람 같지 않죠?" 하며 엄마임을 부정했다. 실제로 나는 내가 아이를 낳았다는 이유만으로 내가 다니게 된 건명원이 청년 인재를 양성하는 기관이라기보다 평생교육원이 된 것 같다는 자격지심을 느꼈다. 아이 엄마도 다니는 곳이니까. 20대만 선발해 무상으로 수업과 책을 전폭 지원하는 건명원에 입학할 당시 나만이 유일한 기혼에 유자녀인 사람이었다. 그 점이 부끄럽진 않았으나 누군가에게는 내가 경력 단절을 염려하여 평생 교육을 쫓아 여기까지 온 이로 보였을지도 모른다고 생각했다. 다른 이들은 취업 준비 중의 경험 쌓기 혹은 다음 스텝을 위한 배움의 기회를 얻기 등 꽤 분명한 사회적 목적과 동기부여를 가지고 온 듯했는데 나만 사회적 목적 없이 개인적인 이유로 자아실현 같은 걸 하려고 온 사람처럼 느껴졌다.

가만 보니 나도 나의 엄마를 그렇게 무시했다. 엄마가 50이 넘어서 석사를 하고 이어서 박사를 한다고 했을 때 나는 엄마의 대학을 평생교육원처럼 생각했다. 서울 사대문 안에 있는 대학이었는데도 그냥 엄마가 다닌다는 이유로 대단해 보이지 않았다. 엄마는 정정당당하게 입학시험을 보고 자기소개서를 썼으며 논문을 썼는데도 나는 엄마의 성취를 '평생교육'의 일환처럼 작게 생각했다. 엄마의 열정을 '나이 먹고 자식 다 길러도 끝나지 않은 꿈' 같은 걸로 치환해서 교수님이 노인에 대한 사회적 인식의 편협함을 지적한 바와 같이 엄마라는 사람이 가질 수 있는 인생의 상상력을 마구 축소했다. 엄마가 어느 날 영어 공부를 하러 미국에 가고 싶다고 했을 때는 속으로 참 철없는 소리 한다고 생각하며 치앙마이 어학원에 가서 배워오는 건 어떠냐고 제안했다. 엄마가 웃으며 "언어가 아니라 문화도 배워야 하는데 본토에 가야지, 언젠가"라고 대답했을 때도 그 언젠가가 내가 아이들을 다 키우고 나서이길, 손주는 키워주고 가길 바랐다.

어느 날 나의 친구는 내가 미국 로스쿨에 가게 되었다는 것과 친정 엄마가 박사과정을 시작하면서 나와 다투게 되었다는 이야기를 동시에 듣더니 웃으며 얘기했다.

"네가 엄마를 닮았구나."

이 말이 뭐라고, 나는 집에 돌아와 머리 말리던 수건에 얼굴을 파묻고 한참을 울었다. 줄곧 나는 엄마랑 다르다고 생각했다. 엄마는 안 되고 나는 된다고 여긴 수많은 것들이 떠올랐다. 나는 커리어가 있지만 엄마는 오랜 기간 없었으니까. 나는 젊으니까 가능성이 많으니까 다 괜찮지만 엄마는 이제 중년이니까. 노후는? 돈은? 생계는? 가족들은? 나는 나도 모르게 엄마를 인력거꾼처럼 보았던 것 같다. 삶이 무거운 것이 너무도 당연한 사람. 그 짐이 나인 것조차 당연히 그래야 한다고 생각했다. 엄마는 엄마니까. 그러나 이제 나는 엄마를 내 삶의 궤적 옆자리에 두려고 한다. 둘의 인생이 같은 무게로 소중하고, 우리는 죽음으로 가는 버스 옆 좌석에 앉은 인연일 뿐이라는 걸 생각하면서. 엄마의 삶도, 내 삶도, 다른 것으로 축소 해석되거나 단조로운 것으로 치환되지 않도록 애쓰면서 살아보고 싶다. 우리가 그려갈 노년의 상상력이 더욱 풍성해지길 바라면서.

엄마가 할 수 있어서
나도 할 수 있었던 거야

우연히 집에서 손바닥 절반만 한 수첩을 발견했다. 내가 다니던 유치원의 알림장이었다. 엄마와 원장님이 서로에게 남겨두는 메시지. 지금처럼 카톡이 있지 않던 시절이어서 그런지 디테일이 살아 있는 메모들이 수첩 하나에 가득히 채워져 있었다.

5월 8일

수민이가 원복을 입고 가서 저녁에 입을 옷을 챙

겨 보냅니다. 죄송스럽지만 방법이 없어 부탁드립니다. 오늘 가족들의 저녁 식사가 있습니다. 저는 직장 때문에 참석을 못 해서 아빠가 일찍 퇴근해 수민이를 할머니 댁에 데리고 갑니다. 가족들 모두 모이기에 깨끗하게 보내려는 뜻이니 선생님께서 조금만 신경 써주셨으면 합니다. 아빠한테는 학원 도착 전에 전화를 드리라고 하겠습니다. 혹 머리가 지저분하면 머리도 부탁드릴게요. 엄마가 직장 가서 아이가 그렇다는 소리를 들을까 걱정이 앞서서입니다. 죄송하고 송구스럽습니다. 마음으로 이해 구합니다. 원비 보내드립니다. 항상 즐겁고 신나게 꼬마 화가에 가는 수민이 모습에 참 흐뭇합니다. 따뜻한 마음으로 보살펴주셔서라 생각합니다. 고맙습니다. p.s. 영수증 부탁드립니다.

5월 24일

꼬마 화가에 있는 크레파스가 마음에 안 들었던지 떼를 써서 이모님께서 사주셨답니다. 굳이 학원에 가지고 가겠다고 하니 사용할 수 있도록 해주십시

오. 크레파스에 대한 욕심을 유달리 내서 무슨 일일까 궁금도 합니다.

*이모님께 들은 얘기라 제가 알 수가 없네요. ○○이 크레파스를 보고 (크레파스 겉그림이 똑같다고 하길래) 그러는 듯도 하고~ 우리 수민이가 셈이 많나요? 엄마들은 참 궁금한 것도 많죠?

5월 25일

이쁜 수민이가 요즘 밝은 모습으로 오고 재밌게 뛰어노는 모습이 예쁘네요. 그 미소 잃지 않도록 노력하겠습니다. 어머님도 도와주세요. 다음 주는 야외 학습이 있습니다. 그림도 그리고 여름의 냄새도 맡으며 오겠습니다. 함께했으면 좋겠어요. 그림 대회가 있습니다.

5월 30일

며칠 쉬었다 갑니다. 이제 두드러기 났던 것은 다 나은 듯합니다. 혹 며칠 쉬었다고 짜증을 부릴지 몰라 걱정스러워 몇 자 적습니다. 오늘은 많이 다독여주셨으면 해요. 늘 걱정이 앞서는 엄마라 자꾸 적게 됩니다.

6월 1일

우리 수민이 며칠 못 봤더니 더 예뻐졌네요. 건강 많이 살펴주세요. 저도 열심히 지도하고 살피겠습니다. 점점 더워지는 여름 날씨에 몸과 마음이 지치지 않을까 조심스레 걱정됩니다. 보기보다 마음도 약하고 여려서 걱정이네요. 이번 주는 며칠 못 봐서 너무 걱정했어요. 주말 동안에도 잘 살펴서 감기 걸리지 않도록 살펴주세요. 다음 주에는 우리 동네를 살펴보며 시장 놀이를 통해 역할 놀이를 하려고 합니다.

6월 4일

우리 수민이가 오늘은 공부하기 힘들었나봐요. 오늘은 두 번만 하자고 그러네요. 그래서 숙제를 내달래서 숙제로 했네요. 날씨도 덥고 해서 기운이 없나봐요. 그러다 갑자기 또 아프지 않을까 걱정이 됩니다. 저희도 잘 살피겠습니다. 집에서도 살펴주세요.

6월 8일

회비 보냅니다. 영수증 부탁드립니다.

수민이 필통이 안 보입니다. 노란색 철 필통인데 혹시 꼬마 화가에 있는지요?

6월 9일

보내주신 계란으로 시장 놀이가 더 빛났습니다. 고맙습니다. 수민이도 즐거워하고 재미있어했어요. 일주일 동안 우리 수민이 날씨가 더워도 짜증 부리지 않고 잘했네요. 다음 주에는 동물원 견학이 있습니다. 점심, 간식, 물휴지 준비해주세요.

6월 11일

작은 마음인데 달걀이 맛있었는지 모르겠어요. 감사히 받아주셔서 기뻤습니다.

항상 큰 믿음으로 꼬마 화가에 성원을 보냅니다.

사진도 잘 나왔더군요. 벽에 걸어두고 매일 미소 짓습니다. 사진 값 보냅니다. 회비 영수증도 받았습니다.

내가 이렇게 컸구나. 여섯 살의 나를 키운 시간들을 들여다볼 수 있는 행운. 가끔 꺼내서 정독하곤 한다. 엄마는 주로 '죄송하다'고 한다. 뭐가 그렇게 미안할까. 아이를 맡기는 엄마는 늘 미안한가보다. 어릴 적 사진 속 나는 머리를 꽈악 묶고 있다. 아침마다 눈꼬리가 잡아당겨질 정도로 빡빡하게 머리를 묶어주던 엄마 생각이 난다. 머리카락 한 올도 빠트릴 수 없었던 건 일하는 엄마의 아이라는 걸 표 내고 싶지 않아서였나보다.

첫아이가 14개월 되던 즈음, 임신 7개월 차에 접어들 때 코로나에 걸렸다. 아이도 남편도 괜찮은데 혼자 목이 아프고 열이나 끙끙댔다. 임신부라 약도 쓰지 않고 타이레놀로 겨우 버티고 있었다. 하지만 내가 아프다고 남편이 휴가를 내어 집에 있을 수도 없고, 내가 아프다고 아이가 밥을 안 먹을 수는 없는 일이었다. 늘 하던 대로 마스크를 쓴 채 아이의 저녁을 차리고 옷을 빨고 아픈 와중에 냉장고 재료 상할까봐 일주일치 밀키트를 만드는 나 자신에게서 엄마가 보여서 기분이 요상했다.

"엄마도 했는데 네가 왜 못 해"라는 말은 엄마가 날 격려할 때마다 해주던 단골 멘트였다.

'아이 낳고도 공부할 수 있을까? 아이 낳고도 일할 수 있을까?'

자신이 없어질 때면 엄마는 "엄마도 했는데 네가 왜 못 해" 하며 툭, 간단한 위로를 보내주었다. 아무런 의심도 거리낌도 없이 수긍하게 되었던, 내게 용기를 주던 그 위로의 실체가 어떤 의미였는지 알 것만 같다. "엄마도 했는데, 네가 왜 못 해…" 단어 하나하나 더듬거리며 음미하자 그 말의 면면이 느껴졌다. 나는 엄마에게 과연 어떤 의미였을지 생각했다.

"엄마도 했는데 네가 왜 못 해"라는 말 속에는 엄마에게 나 또한 분명 무게이자 걸림돌이기도 했다는 사실이 숨어 있다는 걸 왜 이제야 눈치챈 걸까? "엄마도 했는데 내가 왜 못 해"라는 말은 이제 쉽게 뱉을 수 있는 긍정의 자기 암시가 되지는 못할 것 같다. 엄마한테 나는 뭐였을까 다시 생각하다가 나에게 아이들이 어떤 의미인지 생각해봤다. 힘들어도 아이는 예쁘다. 아이는 희망이고 기쁨이다. 아이를 키우며 매번 초인적인 힘을 내는 나 자신에게 놀라고, 내가 이런 것도 할 수 있었나 하면서 몰랐던 내 모습을 발견하고는 스스로가 더 좋아지기도 한다. 엄마도 나를 키울 때 좋았겠지? 힘들어도 기뻤겠지? 그랬다면 좋겠다.

“엄마도 하는데 나라고 못 하겠어?”라는 말은 틀렸다. 엄마가 ‘해서’ 나도 할 수 있는 거다. 엄마한테 말해줘야지. 엄마가 해서 엄마 딸도 할 수 있는 거야.

후회할 수 없는
삶

퇴사, 결혼, 출산1, 출산2를 해낸 뒤 가장 많이 듣는 질문은 후회하지 않냐는 물음이다. 그 질문은 아무리 들어도 들을 때마다 너무 생소해서 나는 오히려 내가 후회할 짓을 그렇게 많이 했나? 스스로 돌아보곤 한다. 후회가 밀려오는 감정이 뭔지 머리로는 알 것 같으나 정확히는 모르겠다. 쉽게 말해 '돌아가고 싶지는 않느냐'는 뜻이라면 나의 대답은 '네'도 아니고 '아니오'도 아니다. 이것은 돌아가겠다는 선택지가 내게 조금이라도 유효할 때 타당한 질문인데 나는 돌아가고 싶어도 돌아갈 수가 없다. 아이들이 눈에 밟히기 때문이다. 모든 엄마들이 공감할지 모르겠다. 돌아가고 싶다는 상상조차 불가하다는 것을.

2024년 5월 22일. 둘째를 낳고서 3일의 입원 기간을 지나 조리원에 도착한 지 며칠 되지 않았을 때였다. 그 말인즉슨 첫째를 보지 못한 지 일주일이 되었다는 뜻이기도 했다. 첫아이는 우리 집에서 시부모님과 지내면서 어린이집을 다니며 일상을 지키고 있었다. 어린이집 선생님은 알림장으로 채워지지 않을 나의 첫째에 대한 그리움과 염려를 이해해주시고 아이의 영상과 사진을 개인적인 카톡으로 보내주시기도 했다. 이날도 첫아이의 사진과 영상이 선물처럼 도착한 그런 날이었다. 어린이집 낮잠 시간, 교실을 가득 채운 잔잔한 클래식 음악을 배경으로 한 아이의 잠꼬대 동영상이 도착했다. 베개를 베고 옆으로 누운 채 찍은 각도. 아이는 잔잔한 낮잠 음악에 맞춰 옹알이를 했다. 음마 음마, 아빠 아빠, 가악까악, 으파우파. 알아들을 수 없는 말을 하다가 이내 문장을 하나 말했다.

"엄마, 어디 가써?"

산후 7일차의 눈물샘 오작동, 호르몬 과잉 상태를

경험해본 이는 익히 알 것이다. 나는 그야말로 세상을 잃은 사람처럼 오열했다. 30초 남짓한 옹알이 동영상에 가슴이 매웠다. "엄마, 어디 가써?" 같은 옹알이 하나에 눈물이 멈추질 않았다. 나를 찾는데 내가 옆에 없어서 어떡하지? 내가 없어 혼란스러울까? 우리를 갈라놓는 것이 있다면 그것은 죽음뿐이리라는 것이 육감으로 깨우쳐졌다. 살면서 이제껏 한 번도 느껴보지 못했던, 살고 싶다는 주문만큼이나 본능 같은 것이었다.

타임머신을 타고 누군가를 구하거나 사랑하는 이를 만나고 싶어 자꾸 과거로 돌아가는 시나리오를 어디에선가 접한 기억이 있다. 영화 〈어바웃 타임〉이었던 것 같다. 과거로 갔다 돌아오니 자신의 아이들이 바뀌어 좌절하는 이야기. 나였다면, 돌아갔을까? 아니, 나는 그 기회를 못 본 척 넘겼을 것이다. 적극적으로 돌아가지 않기를 선택한다기보다 그냥 모르는 척했을 것이다. 모르는 척하지 못할 정도로 적나라하게 내 눈앞에 어떤 버튼을 갖다놓아도 나는 끝내 누르지 않았을 것이다. 그건 아이들 때문이다. 갓난아이를 키우는 이에게 과거로 돌아간다는 선택지는 영원히 없다. 아이들은 내가 없으면 안 된다고 말해주는 존재니까, 두고 아무 데도 갈 수가 없다.

열흘간의 산후조리를 끝내고 나는 둘째를 안고 집으로 돌아왔다. 둘째를 어떻게 키운담, 하는 염려나 설렘보다는 어서 첫째를 만나야 한다는 생각뿐이었다. 신생아에 대한 주의 사항보다는 동생을 처음 만난 첫째의 마음을 어떻게 달래주어야 하는지, 오랜만에 나타난 엄마는 선물을 가지고 찾아가는 게 좋다던데 언제 몇 시에 누구와 아이 앞에 나타나야 하는지 같은 고민만이 머릿속에 가득했다. '엄마' 혼자 '선물'을 들고 아이를 데리러 가는 게 좋다는 조언을 듣고는 점심쯤 둘째를 집에 두고 나는 홀로 첫째를 하원 시키러 나섰다. 집에서 어린이집까지는 걸어서 2분 거리였으므로 그저 밝고 건강한 모습으로 아이 앞에 나타나자는 다짐만을 가지고 성큼성큼 걸었다.

"정안아!"

서프라이즈처럼, 어린이집 초인종이 울리고 2주만에 엄마가 나타났을 때 아이는 머쓱하게 웃었다. 그러다가 이내 가짜 울음소리를 냈다. 눈을 찌푸리며 으아앙- 인사했다. 그런 아이에게, "엄마 안 보고 싶었어?"라는 식상한 말을 거절당할지도 모르는 고백을 하는 사람처럼 떨리는 마음으로 해보고는 이내 대꾸 없는 아기 손을 잡고 집으로 향했다. 아파트 1층에 자리한 가정 어린이집을 나설 때, 5월의 봄볕이 그늘 밖을 나선 우리를 향해 들이쳤다. 왈칵. 그늘에서 볕으로 나오는 순간, 햇살처럼 눈물이 쏟아졌다. 코가 벌게질 만큼 꽤나 많은 양의 눈물. 그건 뜨거운 안도감이었다. 안도감은 대체로 죽다 살았다거나, 영영 못 볼 줄 알았는데 보게 되었다거나… 대단히 큰 산을 넘은 사람들이 갖는 거라고 생각했는데. 그저 눈앞에 없다는 사실만으로 이토록 두려워할 수 있다니, '함께'라는 사실에 살아 있음을 실감하는 눈물이 나기도 하다니. 아이를 데리고 집으로 돌아오니 그제야 집에 온 것 같은 기분이 들었다. 다시 만난 아이가 내 집이었다. 엄마는 이만큼이나… 후회와 멀리 떨어진 집에서 사는 사람이다.

그러나 아이를 낳지 않았다면 퇴사나 결혼을 마음껏 후회했을지도 모른다. 후회할 수 있는 처지니까. 원할 때마다 후회 카드를 꺼내 들고 내 삶의 궤적 구석구석 후회 딱지를 붙여댔을지도 모른다. 후회란 생활력 발휘하는 것과는 반대되는 감상에 젖는 일이고 시간이 많은 이가 할 확률이 더 높은 것이니까. 그러나 한편 이런 생각도 한다. 아이들을 다 키우고 나면, 내가 더 이상 살아내는 일에 열중하지 않아도 되는 때가 되어서는 후회할 수도 있지 않을까? 지금이야 나 없이는 화장실도 못 가는 아이들이 눈에 밟혀 후회 같은 감상에 젖을 새도 없다지만, 내가 더 늙고 약해지면 어쩌면 후회할 수 있지 않을까 싶다. 그러나 후회는 그 나이에 어울리지 않는 면도 있는 것 같다. 후회라는 말에는 분명 '욕심'이 깃들어 있기 때문이다. 아이가 없었다면 더 많은 기회가 있었을 텐데, 더 좋은 남자가 있었을 텐데 하는 말을 노년기에 들어 하는 것은 왠지 모자라 보인다. 모든 후회는 현재의 불만족으로 인한 필연적 결과라기보다 욕심에 따른 부산물이니까. 그쯤 나이가 들었다면 나는 힘든 일만큼이나 기쁘고 소중한 추억을 많이 만들었을 텐데 뭐가 그렇게 더 가지고 싶어 후회 같은 것을 할까?

"하고 싶은 거 다 해서 후회가 없겠다."

나의 유학 소식을 접한 오랜 친구의 축하 말이었다. 고맙다고 답하긴 했지만 어딘가 완전히 동의할 수는 없는 말이었다. 후회가 없을 만큼 나의 모든 선택이 완벽했나? 후회가 없을 만큼 더 욕심낼 구석이 없었을까? 전혀 그렇지 않다. 하고 싶은 것을 다 하고 사는 이는 없다. 그렇기 때문에 후회를 피하는 법은 오직 하나, 후회할 수 없는 삶을 사는 것이다. 미워하려 해도 미워할 수 없는 것처럼, 후회하려 해도 후회할 수 없는 것이 되어버리는 것이다. 내가 낳은 아이들과 나로서는 최선이었던 수많은 선택들처럼. 친구의 말을 조금 더 내게 맞게 고쳐보면 나는 할 수 있는 것 중에 하고 싶은 것은 최선을 다해 했기에 내 삶을 후회할 수가 없다. 후회 없는 삶은 없다. 그러나 후회할 수 없는 삶은 있다. 나는 후회할 수 없는 삶을 사는 중이다.

에필로그

나에게 쓰는 편지

두 발 떨어져 너를 보기까지 참 오래 걸렸네. 여전히 내가 너를 멀리서 바라보고 있는지는 의문이지만 언젠가는 꼭, 아이의 영유아기가 끝날 때쯤 편지를 쓰고 싶었어. 아이의 영유아기가 끝나는 것과 너에게 편지를 쓰는 것 사이에 무슨 연관이 있느냐고 물을지 모르지만 너도 알잖아, 이제 아이의 성장과 발달이 너의 생의 주기를 가늠하는 바로미터가 되기도 한다는 걸. 아이의 영유아기가 끝날 때쯤이면 너도 이제 조금은 아이들의 몸종 생활에서 벗어나서 너를 위해 쓸 시간이 많아지지 않을까 해서. 둘째의 돌이 다가오니 곧 아이 둘 다 어린이집 하원할 때 걸어서 올 수 있고, 같은 유아식을 먹고 기저귀를 뗄 테니 몸은 조금 가뿐해지고 나와 대화할 시간이 조금은 더 생길 것 같더라고. 나 좀 봐. 내 얘기를 하기로 해놓고는 또 아이들 이야기만 한바탕이네. 이래서 엄마는 안 되는가봐.

음… 사실 나는 한 번도 네게 편지 써볼 생각을 하지 못했어. 너는 쉽게도 나라고 생각했거든. 네가 나니까 내가 구태여 설명하지 않아도 내 마음을 다 알지 않을까 하는. 그런데 어쩌면 내가 네 마음을 다 모를 수 있겠다는 생각이 들었어. 유학을 앞두고, 진로를 고민하며 드는 갈대같이 변하는 이 마음들 때문이겠지. 유학 기간 동안 포기하게 될 것들이 가늠조차 되지 않아서 그냥 가지 말까 싶다가도, 매일 이렇게 열심히 살 텐데 두려울 게 뭐가 있담, 하는 무모한 마음이 들기도 해. 나만 믿고 미국으로 가는 가족들의 기대에 미치지 못할까봐 두렵기도 하고. 아이들에게 필요한 많은 것들을 떠올리다보면 이 선택이 너무 이기적인 건 아닐까 염려도 되고. 아이들이 행복한 엄마를 원한다는 말도 염려를 덜어주긴커녕 나 자신이 더 바보같이 느껴지게 만들 때도 많은 것 같아. 고작 행복해지겠다고 가는 게 아닌데. 가고 싶다는 마음에는 늘 살고 싶다는 마음 같은 게 숨어 있었잖아. 이렇게 당장 몇 개월 뒤의 내 인생에 대해 전혀 갈피를 잡지 못하는 너를 보니 내가 널 제대로 알지 못하는 것 같더라고. 그리고 내가 너를 영영 알지는 못하더라도 조금은 다독여주고 싶다는 생각도 했지. 어쨌거나 너를 가장 잘 아는 건 나니까. 네가 화장실에 앉아 어떤 것을 검색해보는지, 자기 전 마지막으로 하는 생각은 무엇인지 같은 것들을 아는 사람은 나뿐이니까.

나는 그동안 너를 막연히 믿어주었어. 그게 내가 널 위해 할 수 있는 가장 큰 사랑이라고 생각했어. 네가 무슨 선택을 하든, 드리프트하듯 삶의 궤적을 바꾸고 서식지를 바꾸어대도 나는 널 믿었어. 믿음직해서 믿었다기보다 당시 네게 가장 필요한 게 그거였기 때문이었어. 나는 네 편이었거든. 너도 알고 있지? 이제는 널 믿을 수 없다는 말을 하려는 게 아니야. 그냥, 이제는 너에게 믿음 말고 다른 게 필요하지 않나 생각하던 차였거든. 나도 철이 들어야 할 거 아니야. 이제 책임질 것들이 참 많잖아? 나는 무턱대고 너를 믿는 일을 그만하기로 했어. 잔인하게 느끼지 마. 어른이 되는 과정일 뿐이니까. 서운해하지도 마. 우리가 언제까지 나 하나만 믿으면서 이기적으로 살 수 있는 건 아니잖아.

너는 그간 네가 어떻게 네가 될 수 있는지 알지 못했잖아. 아내, 엄마, 며느리 같은 이름들이 많아지면서, 네 이름 옆의 직업과 직책들이 늘어나면서, 이제 반은 강제로 알게 되었겠지만…. 네가 너를 모를 때는 '믿음'이 생을 이어가는 데 가장 큰 무기가 되었지만, 지금의 너는 이제 어른이니까… 너는 어쩌면 안온이들의 엄마라는 사실만으로도 스스로를 알기에 충분하니까… 나는 이제 널 믿기보다 안아주려고 해. 절대 엄마가 된 널 동정하는 건 아냐. 애틋하다는 말이 짠하다는 말을 함축하는 거라면 이 말도 잘못되었어. 나는… 그냥… 네가 나의 슬픔이기도 하다는 사실을 받아들이기로 했거든. 내가 너를 대책 없이 믿을수록 네가 나의 슬픔이기도 하다는 사실은 선명해지더라. 사실 그 옛날부터 널 믿는다는 건 애초에는 그냥 너를 존중한다는 뜻이었는데, 책임질 게 많아진 너에게 믿는다는 말은 이제 부담이 되는가봐.

너에게 이제 필요한 것은 믿음이 아닌 것 같아. 그냥… 이제는 내가 널 믿지 않아도 넌 살게 될 거야. 그래서… 마냥 살게 된 너를 안아주고 싶어. 넌 그렇게 매일 아이를 안고서도 정작 너 자신을 안아본 적은 없었던 것 같아서. 이 포옹이 화해인지 용서인지 위로인지 모르겠지만, 널 안아준다고 달라질 건 없겠지만, 너한테도 안길 구석은 있으면 좋을 것 같아서. 안아주겠다고, 내가 널 안아줄 거라고. 이 말을 하고 싶어 몇 글자 적어본다.

이 고독은 축복이 될 수 있을까

초판 1쇄 인쇄 2025년 5월 8일
초판 1쇄 발행 2025년 5월 20일

지은이 김수민
펴낸이 유강문
편집1팀 이연재 김진주
마케팅 김한성 조재성 박신영 김애린 오민정
펴낸곳 ㈜한겨레엔 www.hanibook.co.kr
등록 2006년 1월 4일 제313-2006-00003호
주소 서울시 마포구 창전로 70 (신수동) 화수목빌딩 5층
전화 02) 6383-1602~3 | 팩스 02) 6383-1610
대표메일 book@hanien.co.kr
ISBN 979-11-7213-262-0 03810